酔って人妻

◆◆◆

庵乃音人
Otohito Anno

紅 beni 紅文庫

目次

装幀　遠藤智子

酔って人妻

第一章　高校時代のマドンナ

1

（旨《うま》そうだなあ）

まさに涎《よだれ》が出そうであった。

だが、三十三歳のいい大人。

こんなところで涎など出してよいはずもない。

こほんと、咳払《せきばら》いをひとつ。

前畑敦史《まえはたあつし》は冷静をよそおい、店の中を移動した。

日本酒、焼酎《しょうちゅう》、梅酒に甘酒。店内はけっこう広かったが、ただ広いだけでなく、品数もさすがの多さである。

しかも、この蔵に来なければ入手できない希少な酒も置かれている。

戸外を焼く真夏の暑さとは対照的だった。酒蔵の直営店はどこもそうだが、ほどよくひんやりとしている。

(幸せだ)

前畑がうっとりするのも無理はない。

日本酒好きには最高のパラダイス。涎が出なければ嘘《うそ》というものだ。

北関東。

風光明媚《ふうこうめいび》な城下町、X市。

蔵造りの商店街など、レトロな趣《おもむき》を持った観光名所として有名だが、日本酒好きには名門酒蔵が点在する聖地としても知られている。

前畑が一人でウキウキしているのは、そんな酒蔵のひとつ、透水《とうすい》酒造。小高い山々に四方を囲まれた、のどかな里山の一隅にある。

創業されたのは江戸時代末期とか。

以来百数十年の長きにわたり、この地で旨い酒を造りだしてきた。

広大な敷地には、歴史の重みを感じさせる仕込蔵や倉庫、直売店の建物がある。

公式のWebサイトで何度もチェックはしてきたが、こうして現場に来てみると、想像以上に情緒あふれるたたずまいだ。

しかも――。

（そろそろだ）

時間をたしかめ、前畑はそそくさと直売店の建物を出る。

早めに着いたため店の中を冷やかしていたが、買い物はあとでゆっくりするとしよう。

まずはここを訪問したもうひとつの目的。

酒蔵レストランでの贅沢《ぜいたく》なランチ。

ようやくそのオープン時刻となったのであった。

レストランは、敷地内の土蔵をリノベーションしてできた、これまた和風情緒あふれるしゃれた建物。

蔵元ならではの食材である酒粕《さけかす》や麹《こうじ》を使った和風料理が楽しめるということで、酒好きや旨い物好きの間では、知る人ぞ知る名店として有名だ。

しかも、透水酒造の名酒たちをあれもこれもとお手頃価格で試飲できるのだから、胸が躍らないはずがない。

「いらっしゃいませ」

ドアを開けると、真鍮《しんちゅう》らしきベルの音がひびいた。

スタッフの元気のよい声に出迎えられる。オープン直後だというのに、早くもひと組の客が席に着いていた。

応対してくれたのは、アルバイトスタッフらしき青年だ。

（むふふ）

前畑は、プレミアムな銘柄も含む利酒三種セットと、とりあえず、真鯛《まだい》の粕漬を注文した。

もともとそうしようと決めていたため、迷うことはない。

（いいところだな）

おしぼりで手をぬぐいながら、開放的な窓越しに丹精された日本庭園を見る。

案内されたのは、土蔵に建て増しをされたサンルームのような空間。採光抜群の窓の向こうに広がる眺めにも、旅行情緒を刺激された。

前畑はフリーランスのＩＴエンジニア。

大手ＩＴ企業に十年ほど勤務をし、昨年そこを退職して、フリーとして仕事をはじめた。

得意とするＰｙｔｈｏｎやＰＨＰなど複数のプログラミング言語を使い、さまざまなプロジェクトに参加して仕事をしている。

長いこと拘束されつづけた大きなプロジェクトが一段落したため、以前からの念願だった近隣県の酒蔵めぐりをしようと、気ままな一人旅に出てきたのであった。

首都圏のＱ県。その某市に暮らす前畑のアパートを起点にすると、Ｘ市にあるこの酒蔵は、電車やタクシーを乗り継いで二時間半ほどの距離。

日本酒好きなら一度は訪れたい酒蔵だったので、ようやく夢がかなったとも言えた。

ちなみに、現在全国に存在する酒蔵は約千四百とか。

銘柄は一万以上とも言われているが、縁あって邂逅《かいこう》することができ、しかも「旨い」と思える酒はかぎられている。

偶然地元で飲むことができた透水酒造の大吟醸は、ため息が出るほど旨かったが。

「お待たせしました」

いろいろなことを思いつつ感無量で庭園を見ていると、鈴を転がすような声がした。先ほどひびいたドアベルよりも涼やか。どうやら今度は、女性スタッフのようである。

「あっ。はい……」

相手が女性だとわかると緊張してしまうのは、今にはじまったことではない。前畑はとたんにぎくしゃくし、女性の顔もよく見ることができないまま、不自然きわまりない会釈をした。

「あら……」

すると、かたわらに立っていた女性スタッフの口から、思いがけない声が漏れた。

（えっ）

あら、とはなんだろう。ただ座っていただけのはずなのだが、知らない間になにか粗相でもしでかしていたか。

前畑はうろたえ、あわてて女性スタッフを見あげた。

「……あっ」

女性の顔を見るなり、思わず声が出る。

えっ。えっ、えっ、えっ。

心の中で何度もそう言いながら、信じられない思いでその人を見た。

「そうよね。そうなんでしょ」

その人も、満面の笑みで前畑を見返す。両手には、利酒セット一式を乗せたトレーを持っていた。

「前畑くんよね。いやだ、前畑くんじゃない」

その人――その美しい人は、笑いながらも泣きそうになっていた。

こんなことがあるのだろうかと、その人を見あげて前畑は思う。

二宮秋子《にのみやあきこ》。

それがこの人の、十七年前の名前だった。

地元では進学校として有名だった名門高校の、二年先輩。同じ合唱部に籍を置き、いつでも見事なその美声で、前畑をうっとりとさせた人。

そして誰にも内緒だが、彼にとっては秋子が卒業してしまうまで、つねにひそかなマドンナだった。

「秋子さん……」

なかばほうけたようになりながら、前畑はようやく言った。

声がふるえた。

惚《ほ》れぼれとため息の出る、卵形の小顔。

大和撫子《やまとなでしこ》そのものの清楚《せいそ》な美貌《びぼう》は、透きとおるような白い美肌のおまけつきである。

切れ長の目は奥二重。

雛人形《ひなにんぎょう》のようだった。

鼻すじがとおり、ぽってりと肉厚な唇が不意をつかれる官能味をアピールする。

相変わらずの美貌である。

あのころはショートヘアだったが、今はロングらしい。そんな黒髪をアップにまとめ、惜しげもなくうなじを出している。

楚々として真面目《まじめ》な年上のこの人を、まぶしい思いで追いかけたせつない日々が鮮明によみがえる。

「いやだ、いいのよ、いいの。いいから座って」

「あっ……」

気づけば前畑は椅子から尻を浮かせ、立ちあがろうとしていた。

そうした彼に気づき、あわてて秋子が言う。

先ほど応対してくれた青年と同じ装い。店の制服らしき白いブラウスと黒いボトムスにエプロンをあわせている。

だが、服など着ていても隠せなかった。

相変わらずのムチムチぶりである。いや、はっきり言ってセクシーさは、あのころより十倍は強烈だ。

白いブラウスとエプロンの胸もとがダイナミックに盛りあがっていた。

はちきれんばかりとは、まさにこのこと。

高校時代も巨乳の美少女だったが、あのころよりさらに豊満なのではないだろうか。

（じ、Gカップはある気がする）

うしろめたさを覚えながらも胸を高鳴らせ、前畑はおっぱいを盗み見た。

九十から九十五センチほどはあるように思える、圧倒的なボリューム。

ちょっと動くたび、たっぷたっぷと重たげに揺れる眺めにも、男を浮きたたせる淫力《いんりょく》がある。

「ほら、座って、前畑くん。どうしたの、こんなところで」

まさか乳房を値踏みされているなどとは、夢にも思っていなかったろう。なおも中腰のまま前畑がとまどっていると、テーブルに利酒セットを置いて秋子は言った。

ほらほらと何度も勧められ、前畑は恐縮しつつ座りなおす。しみじみと前畑を見つめる秋子の瞳には、じわりと涙がにじんでいた。

「ご無沙汰《ぶさた》しています、秋子さん」

前畑は姿勢を正して頭を下げた。

「こちらこそ」

秋子も背すじを伸ばし、上品な挙措で挨拶《あいさつ》を返す。

相変わらずの美しい立ち姿。

そのうえ身ごなしも、やはりなんとも品がよい。

制服のブレザーにグレーのスカート姿で歌っていた往時の立ち姿が、まざまざと脳裏によみがえってくる。

「こんなところで会うなんて……元気にしてた？」

秋子は鼻をすすり、目もとをぬぐった。照れ隠しに微笑《ほほえ》んだ口もとからは、あのころと変わらない白い歯がこぼれる。

「お、おかげさまで、なんとか元気にしていました。秋子さんは、あの……」

どうしてここにという素朴な疑問を、態度と表情にこめた。

見知らぬ土地の酒蔵レストランで、まさか高校時代のマドンナと再会しようとは思わない。

すると、秋子は――。

「嫁いできたの、ここに」

恥ずかしそうに苦笑した。

「えっ。嫁いでって……この土地にってことですか」

「と言うか……この商売をしているところに」

「ええっ」

思わず声が大きくなる。

「てことは、と、透水酒造さんにですか。へえ、秋子さん、この酒蔵にお嫁さんに？」

「あっ……」

あまりの声の大きさに秋子があわてた。前畑もばつが悪くなり、見知らぬ客に頭を下げる。

「そうなの」

はにかんだ顔つきになり、秋子は照れくさそうに言った。

「私の主人……七代目の当主なの。この酒蔵の」

2

秋子が透水酒造に嫁いできたのは、六年前のことだったという。

イベントコンパニオンの仕事をしていて、現在の夫と知りあったという話だった。

出逢《であ》いの場となったのは、Ｃ県の巨大イベント会場。

そこで開催された日本酒イベントに出展した透水酒造のブースを担当したのが、当時二十九歳の秋子だった。

「それが縁で、気づいたらこんなことに」

いくぶん頬《ほお》を上気させ、昂揚《こうよう》した顔つきになって秋子は説明した。

前畑はなるほどと得心し、どうして自分がここに来たのか、ことのなりゆきを口早に話す。

「でもまさか、秋子さんと再会できるとは思っていませんでした」

「そうよね」

感無量の思いで言うと、秋子もたおやかに微笑んだ。

「一人で来たの？」

「もちろん。独り者ですから」

「あら。誰かいい人は」

「いるわけないじゃないですか、そんな人」

目を丸くして意外そうに聞かれ、前畑は自虐的に言う。

謙遜《けんそん》など、これっぽっちもしていない。三十三年の人生は、こと女性に関しては、谷あり谷あり谷あり谷あり……もういいか。

「そんな……前畑くん、モテたじゃない、高校時代だって」

秋子はかぶりをふり、懐かしそうに言った。

「な、なな、なにを言ってるんですか。そんなこと——」

あわてて前畑が否定をすると、秋子はなおも主張する。

「だって、ほんとにそうだったじゃない。合唱部の女の子たち、何人も前畑くんのこと——」

「うそです。うそうそ、そんなの」

前畑はヒラヒラと手をふって、即座に否定した。

たしかに何人かの女子たちは、自分に興味を示してくれたかもしれない。

だが、ウブもいいところの高校時代の話。

それ以上のなにかに発展したわけではまったくないし、数人の子と何度かデートめいたことはしたかもしれないが、結局それだけのことである。

いちばん重要なのは、肝腎要《かんじんかなめ》の秋子には見向きもしてもらえなかったという

その事実だ。

「ごめんね。もっといろいろと話したいんだけど……」

秋子はようやく気づいたように、厨房《ちゅうぼう》のほうを気にした。

「もちろんです。もちろん」

前畑も同調し、何度もうなずく。

仕事中であることは百も承知だ。酒蔵七代目の若女将《わかおかみ》である秋子は、こんなふうにレストランの一スタッフとして仕事をすることもあれば、直営店のほうで客の相手をすることもあるという。

いくら十七年ぶりの再会だからと言って、長話などできないことはわかっていた。

「前畑くん、何時ごろまでいられるの」

うしろ髪を引かれる顔つきで、柳眉《りゅうび》を八の字にして秋子は聞いてくれた。

社交辞令でも、ちょっとばかりうれしい。前畑はなおも胸をドキドキさせながら、答えようとした。

「ここにですか。えっと、そうですね」

「いらっしゃいませ」

すると、別の誰かに挨拶をされた。見ると、店に入ってきた背広姿の中年男性が、笑みを浮かべて近づいてくる。

「ああ……前畑くん。夫です」

秋子が恥ずかしそうに言い、男のために場所をゆずった。

「えっ」

前畑はさすがに緊張する。

反射的に立ちあがった。

床とこすれた椅子《いす》が大きな音を立て、テーブルの上の酒たちが、仲よく猪口《ちょこ》の中で揺れる。

「高校時代の後輩、前畑くん。合唱部で一緒に活動していたの」

秋子は夫だという男に小声で説明をした。前畑が日本酒好きで、酒蔵めぐりをしようとここを訪れたことも早口に話す。

「そうでしたか。遠いところ、わざわざありがとうございます。秋子の夫で、瀬戸《せと》と申します」

話を聞いた瀬戸は何度もうなずき、居住まいをただして頭を下げた。

「ど、どうも、前畑です」

秋子と対したときとは違う緊張感でガチンガチンになった。

もともとが、日がな一日パソコン《PC》と向きあい、黙々と仕事をする職人肌。如才なくふるまえるタイプではない。

（けっこういい男だな）

ぎこちなく挨拶を交わし、ここに来ることをいかに楽しみにしていたかなどを訥々《とつとつ》と話しながら、前畑は心中で瀬戸を思った。

愛想のよさそうな、いかにも商売人らしい身ごなし。

ずいぶん歳《とし》は離れているようにも見えたが、長身で、しかもなかなかの二枚目だ。

なるほど。これで老舗《しにせ》酒蔵の跡取りとなれば——。

（秋子さんの心をつかんでしまうのも無理はないか）

同性の前畑が見ても魅力的な笑顔だった。なおも瀬戸と話しながら、前畑は彼我の差に、せつない気持ちになる。

いや、もともと秋子は前畑のことなど眼中になかったのだから、瀬戸とくらべること自体、そもそもおこがましいのだが。

「どうぞ、ごゆっくり楽しんでいらしてください」

あたりさわりのない会話で初対面の儀式を終えると、瀬戸はフレンドリーな笑みとともに前畑に言った。

「あ、ありがとうございます」

「失礼します。なあ、○○屋さんからもらった例の注文なんだけど……」

「あ、ええ……前畑くん、すぐに帰らないでね」

「は、はい……」

前畑の前を離れた瀬戸は、小声で秋子と会話をはじめた。秋子は前畑に小さく手をふり、色っぽい笑顔で釘《くぎ》をさす。

前畑は秋子に返事をし、ふたたび椅子に座った。こっそりと、深く大きなため息をつく。二人は厨房へと姿を消した。

「緊張した……」

思わず小声でつぶやいた。

気づけば背すじにじっとりと、汗が噴いていることに気づく。

「これが、旅ってやつですかね」

苦笑して言い、残り香のようにまつわりつく秋子へのあれこれを、意志の力でふり払う。

ようやく目の前の酒たちに目がいった。

大吟醸二種に純米吟醸のセット。

それらを並々と満たしたグラスはうっすらと色がついていて、銘柄の違う大吟醸が青とゴールド。純米吟醸は赤系のグラスに注がれている。

（まずはなんと言ってもこれですな）

前畑は迷うことなく、ゴールドの猪口グラスを選んだ。

市場に出まわることなく、あっという間に完売してしまう透水酒造の超プレミアム銘柄「九喜《くき》」。

この貴重な酒がお手頃価格で飲めるというのも、この酒蔵レストランの売りだった。

一人限定一杯までという殺生な条件はあったが、それでも飲めるだけありがたい。

乾杯でもするようにグラスをあげ、軽く一礼した。

(いただきます)

目を閉じる。猪口を近づけ、そっと口をつけた。

酒を含む。

ほどよい甘みが口中にふわりと広がり、かすかな、本当にかすかな刺激を舌におぼえる。

こくり。

(嘘だろう)

淡麗辛口をうたう大吟醸「九喜」は、予想していた以上にあっさりとした喉ごしだった。

喉が熱くなるような日本酒独特の感触もなければ、口の中に広がる得も言われぬ味わいにも、どこかフルーティなものがある。

あっさりとしているのに、同時にコクがあって豊かな味覚。

間違いなく日本酒ではあるものの、どこか日本酒的なたたずまいを超越したデリシャスな旨みと甘みに至福感が強まる。

(これはすごい)

手にしたグラスをまじまじと見た。

あこがれのマドンナと再会でき、しかもこんなお宝ものの酒まで飲めたのだ。来てよかったとしみじみと思った。

胸のうちにはいくぶんほろ苦いものもあるが、それは贅沢というものだろう。

(……え?)

思わず相好を崩しつつ、さりげなく厨房のほうを見た。

すると、秋子と話をしながらこちらを見ていたらしい瀬戸と目があう。

瀬戸はあわてて、なんでもないふりをした。前畑から視線をそらし、目の前の愛妻となにごとか話している。

(勘違いか)

瀬戸の目つきは、なにやら意味深に感じられた。だが考えるまでもなく、彼が自分のことになど興味のあろうはずもない。

苦い笑いが、思わずこぼれた。

前畑は貴重な大吟醸を、もう一度こくっと嚥下《えんか》した。

3

「旨い酒だったなあ……」

その夜。

駅前の居酒屋は、大勢の客でごった返していた。

観光客らしき若い女性のグループや、地元の仲間に見える中年男たち、男女数人の集団など、さまざまな年齢、客層の客が思い思いにワイワイとやっている。

前畑は一人で席につき、手酌で日本酒を飲んでいた。地元酒蔵の逸品があれもこれもと置かれている、知る人ぞ知る居酒屋らしい。

だが、当然ながら例の「九喜」はメニューにない。

一人でちびちびと飲んでいるのは、レストランでは飲めなかった透水酒造の別銘柄。

　これはこれで十分おいしいのだが、昼間堪能《たんのう》したあの豊潤な味わいを、前畑は今も忘れられなかった。

「それにしても、きれいになったな、秋子さん」

ため息をつき、タコの刺身を口の中に放《ほう》りこんだ。

秋子はわざわざ時間を作り、短時間ではあったものの、前畑とあらためて話をしてくれた。

結婚して六年になるが、まだ子宝には恵まれていないこと。

それはちょっぴり寂しくはあるものの、瀬戸との暮らしは幸せで、酒蔵の若女将としての毎日はとても充実しているという。

「いいなあ」

知らずしらず酒が進み、いくらか酔いがまわってきていた。

昼間は思いがけないハプニングもあり、リラックスして飲めなかったが、それも一段落。

気楽な一人酒は、心地よく神経を、理性を麻痺《まひ》させる。

「うらやましいよな、瀬戸さん。秋子さんと毎晩エッチできるなんて」

前畑は小声で独りごちた。

裸にさせられた秋子が瀬戸に組みしかれているさまを想像すると、臓腑《ぞうふ》が奥から熱くなってくる。

「ど、どんなふうによがるのかな、秋子さん」

ばか、なにを言っているんだとどこかで思いはするものの、酔いのせいで妄想が止まらない。

熱っぽく夫に抱きしめられ、乳を揉《も》まれてあえいでいる秋子を思うと、黒い煙がブスブスと身体から噴きだしてくるような心地になる。

秋子のあの大きな乳房は、どんな乳首と乳輪を持っているのだろう。口に含んで乳首をちゅうちゅうと吸えば、あの人は、いったいどんな反応をしてくれるのだろう。

「あんな清楚な人だから、やっぱりベッドでもおとなしいのかな……」

恥ずかしそうに顔を赤らめ、ひかえめによがる美しい彼女を妄想した。

しかも、いつしか秋子を押したおしている男は、瀬戸ではなく前畑になっている。

「おいおい、いくらなんでも……」

「いたいた。前畑さん」

（えっ）

調子に乗りはじめた自分の妄想に、さすがにうしろめたさが増したそのとき、いきなりかたわらから、陽気なトーンで声をかけられた。

見知らぬ土地の見知らぬ酒場。

まさか誰かに声をかけられるなどとは、夢にも思わない。

「あっ……」

そちらを見あげた前畑は、思わず声をあげた。

これはいったいどういうことだ。どうして瀬戸が、こんなところにいるのだろう。

「せ、瀬戸さ――」

「ああ、いいからいいから」

立ちあがろうとすると、瀬戸はあわてて前畑を制した。

店のスタッフとは、当然顔見知りのようだ。挨拶にやってきた年配のスタッフに、生ビールを注文する。

「探したんですよ。ホテルのほうにも行ってみた」

「えっ」

意外なことを言われ、返事に窮した。

たった今まで、いけない妄想で股間をふくらませかけていただけに、前畑の狼狽《ろうばい》は尋常ではない。

「俺、この街の商売人とはたいがいツーカーだから。前畑さん、ホテルのスタッフにこの店、紹介されたんでしょ」

「え、ええ」

「えへへ」

親しげな笑みを浮かべ、瀬戸は対面に座った。昼間に話をしたときより、ずいぶんくだけた感じになっている。

スタッフの青年が生ビールを持ってきた。前畑は瀬戸にうながされ、あわてて彼と乾杯をする。

「ああ、旨い」

瀬戸はひと息に、三分の一ほどビールを飲んだ。口についた泡をぬぐい、屈託なく破顔する。

「仮にも日本酒を商売にしている人間が、ビールを飲んで『旨い』はだめかな。あはは」

「は、はあ……」

「あはははは。あっ、そうそう」

愉快そうに笑い、瀬戸は持参したリュックを取りだす。ファスナーを開き、なにやらゴソゴソとやりはじめた。

(なんなんだよ、いったい)

前畑はなおもとまどったままだ。いきなり現れたかと思ったら、ずっと瀬戸のペースで進んでいる。

いったい、自分になんの用なのだ。前畑は緊張し、いい感じだったほろ酔い気分も、いつしかどこかに吹っ飛んでいる。

「はい、これ」

やがて瀬戸は、リュックからあるものを取りだした。

「……えっ」

眉《まゆ》をひそめて、それを見る。思わず声をあげた。

「こ、これは」

思わず声がふるえた。透水酒造が生みだした幻の名酒——例の「九喜」ではないか。

「そう。九喜」

瀬戸は満面の笑みとともに、手にした七二〇ミリリットル瓶を誇らしげに見た。もう一度前畑に視線を転じ、どうぞというように瓶を差しだす。

「あの……」

「差しあげる」

「ええっ」

前畑はのけぞった。

この幻の酒がもらえるだと。いったい、どういうことだ。どうして自分が秋子の夫から、こんなスペシャル級のもてなしを受けられるのだ。

この酒の価値はよくわかっているだけに、前畑はうろたえた。

「瀬戸さん」

「ほら、お近づきの印。受けとって。ほらほら」

「でも」

「いいから。ほら」

「いや、しかし」

「いらないならいいけど」

「わあ」

瀬戸はいきなり態度を変え、リュックに酒をしまおうとする。前畑は椅子から立ちあがり、身を乗りだして酒を奪った。

「あっ、泥棒」

「ど、泥棒って」

「うそうそ。あははは」

愉快そうに笑った。

瀬戸はふたたびジョッキを手にし、乾杯のような仕草をする。

「まあ、飲もうよ。その酒も、まあまあいけるでしょ」

瀬戸はそう言って、前畑が飲んでいる酒を指さした。

「はあ。え、ええ、もちろん」

前畑は何度もうなずき、猪口をつまんでグイッと酒をあおる。瀬戸から奪った酒は片手で抱きしめたままだった。

「はは。うれしいな、そんなふうに喜んでもらえると。よし、それじゃ俺も、日本酒に変えるか」

瀬戸は言うとスタッフを呼び、透水酒造製の別銘柄をオーダーした。

しかも、前畑の分まで。

今前畑が飲んでいるのより、ワンランク上位の酒である。

「心配しないで、俺のおごりだから」

「いや。でも、それはさすがに……」

鷹揚《おうよう》に笑いながら言われ、前畑はまたも困惑した。なにがなんだかわからなかったが、どうにも合点がいかない。

「まあ、遠慮しないで。その代わり、と言っちゃなんだけどさ」

瀬戸はそう言って、周囲を気にした。

身を乗りだして前畑を見る。前畑はとまどったが、同じように身を乗りだし、瀬戸に顔を近づけた。

「その代わり……とか言うと、なんだか全部打算っぽくなっちゃうんだけどさ。君を見こんで頼みがあるんだよ、前畑くん」

呼びかたが「さん」から「くん」に変わった。

いやな予感以外、正直なにもしない。

「は、はあ……」

とくとくと心臓をうち鳴らした。瀬戸の顔をじっと見る。そんな前畑に、声をひそめて瀬戸は言った。

「じつはね……うちの家内のことなんだけど」

4

「すみません、秋子さん。ご迷惑じゃなかったですか」

「ううん、そんな。来てくれてうれしい。でも……もう、あなたは飲みすぎです」

「あはは。いいじゃないか、たまには。さあ、前畑くん」

「すみません……」

瀬戸はすでに、ぐでんぐでんであった。

それでも秋子に持ってこさせたビール瓶をとり、前畑に勧める。

昼間の酒も含めれば、今日はかなり痛飲していた。それでも断るに断れず、前畑は空のグラスを瀬戸に差しだす。

「日本酒のほうがよければ、持ってこさせるけど」

「いえいえ。もうほんとに。完全に限度を超えています」

「あはは」

「おっとっと」

あふれそうなビールにあわてて口づけ、ズズッとすすった。秋子はあわただしく、部屋と台所を行き来してツマミを用意している。

「…………」

前畑は、かいがいしく動いてくれている秋子を見た。

前畑の急な来訪に着がえる余裕もなく、ピンク色のパジャマの上に、薄いガウンをかさねている。

プライベート感ただよう無防備な姿にも、艶《なま》めかしいものがあった。昼間の秋子より、さらに近づけたような気持ちになる。

視線を転じると、瀬戸と目があった。

瀬戸の顔から笑みが消える。

真剣な顔つきで前畑を見て、小さくうなずいた。

酔っていることは間違いないが、じつは我を忘れるほど酩酊《めいてい》しているわけではない。

秋子の前での酔いっぷりは、かなりの部分、演技だった。

前畑は、瀬戸のグラスにビールを注いだ。乾杯を求められ、コツンとグラスを打ちつけあう。

「もうほんとに……一本電話をくれたっていいじゃないですか。せっかく前畑くんが来てくれたのに、ろくなものが」

トレーにツマミ類を乗せ、ふたたび秋子が姿を現した。前畑に笑顔を見せつつも、夫には文句を言いたい様子である。

「うん？　そんなこと言ったたって男同士、いろいろと話があったんだもんな、前畑くん」

瀬戸はすばやく笑顔になり、ビールをグイッとあおった。

「いろいろとって……なに、なんの話？」

「いや、別に……」

笑顔で秋子に問いかけられ、前畑は返事に窮した。

本当のことなど言えるはずもなく、秋子から目をそらし、いい加減飲みすぎの酒を口にする。

瀬戸と秋子の家は、いかにも由緒ある酒蔵の当主らしい邸宅だった。

歴史と伝統が、見えない重みを放って立ちこめているかのような、古い日本家屋。

都会でアパート暮らしをしている前畑からしてみたら前時代の遺物以外のなにものでもないような、クラシカルでいかめしい屋敷である。

築年数は、六十年にならんとしているという話だった。

一階に六部屋、二階にも四部屋があり、それぞれの部屋の間取りも広々としている。

横長の台所だけでも、前畑が暮らす1DKのアパートより、間違いなく広かった。

前畑が通されたのは、十二畳はある畳敷きの客間だった。

襖《ふすま》が開けはなたれているため、南に向いた縁側からは月明かりを浴びた広大な庭が、そして西側には大きな仏壇の置かれた仏間、北側には同じく十二畳ほどの和室、北西方向にも畳敷の和室が見える。

仏間を含む四つの部屋の真ん中に、太い大黒柱が立っている昔ながらの造り。

たしかこういうのを「田の字型」といったのではなかったか。

新年になると、毎年すべての襖を取り払い、一階のほとんどを広間にして、酒蔵関係者の盛大な新年会が開かれるという。

「いいから。ほら、おまえも座れよ」

赤ら顔になった瀬戸は、手招きをして秋子を座らせようとした。

突然の訪問にもかかわらず、秋子はあっという間に客間のテーブルに、炙《あぶ》りものや刺身、蒸し野菜の味噌《みそ》麴和え、漬物などを用意してくれた。すでに九時をまわっている。

それにもかかわらず、なんとありがたいもてなしだろう。

「座れって言われても、こんな格好じゃ」

畳に膝立《ひざだ》ちになってテーブルの上をととのえていた秋子は、恥ずかしそうにガウンの前をかきあわせた。

（おおお……）

ゆったりとしたパジャマとガウンだったが、夜着を胸の前でかきあわせたりすると、とたんにおっぱいのボリュームがアピールされる。

たわわな二つの盛りあがりが、薄いガウンの布を窮屈そうに押し返した。

たゆんたゆんと重たげにはずみ、ずっしりとした量感も、前畑はいやでも見せつけられる。

（秋子さん）

夫と言葉を交わすあこがれの人を、ほの暗い思いで盗み見た。烏《からす》の濡れ羽色をした髪の先は、背中までとどいている。

ショートカットでも色っぽかったのに、こんなロングヘアを見せつけられると、かもしだされる色香は、やはりけおされるほどだ。

もうお風呂《ふろ》にも入ったのだろう。熟れた果実を思わせる甘い芳香が、ふわりと身体から立ちのぼった。

かすかに感じる口の香りも、なんとも甘ったるい。どうしてこんなにいい香りがするのだろうと思うほどだ。

雛人形さながらの凛《りん》とした横顔も相まって、前畑はついうっとりと見とれそうになった。

「いいじゃないか、別に着がえなんてしなくても」

「そんなわけにはいきません。こんな姿でお客さんの前に」

懸命に座らせようとする夫をこばみ、パジャマ姿の美熟女は立ちあがった。

「前畑くん、ゆっくり飲んでいてね。ちょっと待ってて」

「は、はい。ほんとにすみません」

「ううん、うれしいの。ほんとにうれしいの」

申しわけなさを態度で示す前畑に、秋子は何度もかぶりをふった。たまらず胸がうずくような可憐な笑顔は、あのころよりもさらに鮮烈だ。

（ああ……）

小走りに部屋を出ていくうしろ姿に、焦げつくような視線を向ける。

パジャマのズボンの中で、大きなお尻がはちきれんばかりに盛りあがっていた。

大きな白桃さながらの豊満なヒップ。

それがプリプリと左右に揺れた。まるで、誘ってでもいるかのようだ。秋子は客間から消え、やがて足音が二階に移動していく。

「……本当にいいんですか」

声をひそめて前畑は聞いた。

「もちろん」

目をやると、瀬戸は「いいんだ」とでも言うように、大きくうなずいた。

「あいつに……幸せな思いをさせてやってくれ」

先ほど居酒屋で口にしたのと同じことを、またも言った。

悲愴《ひそう》感さえ、ただよった。

たぶん、夫のこんな顔を、秋子は知らない。

「瀬戸さん」

「このとおりだ。何度だってする」

そう言うと、瀬戸はまたしても頭を下げた。

「俺なんかと一緒になったばかりに……子供を持つどころか作ることさえできなくなってしまったんだ」

そう言って、瀬戸は前畑を見た。

「かまわない。抱いてやってくれ。秋子に女の幸せを与えてくれ」

5

(いったい、なんて日だ)

闇《やみ》の中を、そろり、そろり。

足音をしのばせて一段ずつのぼる。

老朽化した階段はときおり、ぎしっと小さくきしんだ。

そのたび歩を止め、しばし彫像のようになってから、またもゆっくりと、闇をのぼる。

とくん、とくんと心臓の拍動が、ひと足ごとに増した。尻あがりに緊張が高まり、身体がしびれて思うように動かない。

まさかこんな夜になろうとは、夢にも思わなかった。

だが、瀬戸の頼みを断りきれなかったのは、もちろん幻の酒だけが理由ではない。

――俺、勃起障害《ED》なんだ。どうがんばっても、勃《た》たなくなってしまったんだよ、ち×ぽが。

にぎやかな居酒屋の中。

声をひそめて、瀬戸は告白した。

思いがけない真実に、前畑は時間が止まったような気持ちになった。

三年前までは、ふつうに暮らしていたという。だが思いがけない事故が、瀬戸の、そして秋子の人生を一変させた。

いつもよく行くという、ホームセンターの駐車場。後期高齢者の運転する自家用車が、本人の意志とは関係なく暴走した。

何人かの買い物客がまきぞえに遭った。

だが幸いに、と言ってもいいのだろう。死者は出ずにすんだ。しかしおそらくもっとも重傷だったのが、真正面からはねられた自分だったろうと瀬戸は言った。

退院まで三カ月もかかる大怪我《おおけが》だったという。

日を追うごとに、それでも快方には向かったが、深刻なのは事故に遭って以来、男の機能を失ってしまったことだった。

――そんなばかなって思ったよ。冗談だろうって。だって俺には、跡取り息子をもうける義務がある。いや、それよりなにより。

当時のことを思いだし、真剣な顔つきになって瀬戸は言った。

――秋子はどうするんだ。もう俺は、秋子を抱けないのか。あんないい女と、もう二度とセックスをすることはできないのか。

退院をしてしばらくすると、秋子は必死に夜の奉仕をするようになったという。しなびた明太子《めんたいこ》のようになってしまった瀬戸のペニスに一心に尽くし、恥をしのんであんなことや、こんなことをくり返した。男の機能を喪失し、悲嘆に暮れる夫を見かねてのことだったろうと瀬戸は言う。

しかしそれも、徒労に終わった。

——それ以来、もうずっと夜の生活なんてないよ。結婚したころは、毎晩のようにあいつを抱いていたのにな。

当時を思いだして、瀬戸は苦い笑いをこぼした。

正直に告白しよう。そうした瀬戸の打ち明け話に同情しながらも、前畑はひそかに股間をもっこりとさせてしまった。

そして、瀬戸は言ったのだ。女房が不憫《ふびん》でならないと。

三十五歳の熟れた身体を今もずっと持てあまし、一人で苦しんでいるに違いない自分の妻を見ていられないと。

——文句のひとつも言わないよ。やさしい女だ。いつも明るく微笑んでいる。でもさ。

居酒屋で、瀬戸は言った。

――あいつ、ああ見えてじつは、けっこう感じやすい身体なんだよ。

そうささやかれ、ジーンズの中でさらにペニスが、もう一段階硬さと大きさを増した。

――俺と結婚するまで、自分でも気がつかなかったみたいなんだけどさ。毎晩のようにセックスしているうちに、どんどん開発されてきて。あんなおとなしそうな、真面目な女なのに、ベッドの上ではどんどんすごくなりはじめて。それなのに……突然そんな幸せな生活を、俺のせいで奪われて。頼む。頼むよ、前畑くん。君、あいつのこと、まんざらでもないんだろう？

そう言って、瀬戸は前畑を見た。心の奥までのぞきこもうとしているような目つきだった。

見抜かれていたのだ、そのとき前畑は知った。返事もできずに見つめ返すと瀬戸は、

――俺の目はごまかせないよ。それに、あいつも君のことはかわいいらしい。あんなにうれしそうにしている女房、久しぶりに見たよ。

そう言って「抱いてやってくれ。秋子に女の幸せを与えてくれ」と、前畑に頭を下げたのだった。

（ここか……？）

前畑は目をこらす。

一階と同様、二階も闇だった。しかし、月明かりの青白さにも助けられ、とっくに目は慣れていた。

闇の中には、真夏の夜の蒸し暑さが充満している。一階から二階に移動しただけなのに、胸や背中にじっとりと汗をかいていた。

廊下が延びている。

長い廊下の右と左に二つずつ部屋があると聞いていたが、まさにそのとおりの構造だ。

廊下を右へ進めば、突き当たりは大きな納戸。その下に仏間がある。

そして、秋子たち夫婦の寝室は――。

「…………」

前畑は、めざす部屋の前に立った。

納戸の手前。

階段をななめうしろに見る位置に、夫婦の寝室はある。

秋子がこの家に嫁いで以来、夫がEDになる日まで、いやらしく乳くりあいつづけた卑猥《ひわい》な寝室が。

(ほんとにやるのか)

この期《ご》に及んでも、いまだに迷いはあった。

自分との再会を心から喜び、許された条件の中で最大級の歓待をしてくれたいとしい秋子に、おまえは本当にそんなひどいことができるのか。

(やっぱり、無理かも)

喉から胃袋がせりあがりそうになった。前畑はきびすを返し、その場を離れようとする。

(違う)

だが、あわてて足を止める。

ギュッと目を閉じ、かぶりをふった。

これから自分がしようとしているのは「ひどいこと」などではない、断じて。

前畑は自分に言い聞かせた。

瀬戸に頼まれたのだ。

秋子の夫の、たっての頼みなのである。

言ってみれば、人助けだ。

神に誓って私利私欲でやるのではない。

だが天地神明に誓いながらも、同時に前畑は、すでにペニスをビンビンにおっ勃てている。

（く、くそっ）

ふたたび寝室の前に立った。なんだかなとは思いながらも、この淫靡《いんび》な展開から逃れられない。

理論武装でつくろいながらも、自分の本音は瀬戸から借りたパジャマのズボン――その股間部がこんもりと盛りあがっていることで明らかだ。

この人助けで救われるのは、瀬戸たち夫婦だけではないのである。

やめるわけにはいかない。

いろいろな意味で。

宿泊する予定だったホテルは瀬戸が先方と交渉し、相応の対価とともにキャンセルまでしてしまっている。

前畑にはこの寝室の中以外、もはや行く場所はなかった。

高校時代、妄想の中の秋子をオカズに手淫をかさねたせつない日々を久しぶりに思いだす。

（ええい）

なかばやけだった。襖の引手に指をかける。

秋子がすでにぐっすりと寝入っていることは、瀬戸から受信したチャットアプリのやりとりでわかっている。

瀬戸が狸寝入り《たぬきねい》りを決めこんで妻の隣の布団にいることも。

彼が自分の妻を他人に抱かせようとしているのは、百パーセントが妻のためばかりではなかった。

他人棒に乱れる妻を見て、自分もまたとんでもない刺激に身をまかせようとしているのだ。

あわよくば、それでＥＤが快方に向かうのではないかという淡い期待を胸に抱いて。

「っ……!」

さあ、やるぞ。

かたり。

そっと引き戸を横にずらす。

いくぶん建てつけが悪くなっていた。わずかな引っかかりを見せたあと、古い襖は苦もなく横に移動する。

(おお……)

視界に飛びこんできた光景に、さらに前畑は息苦しくなった。

雨戸は閉めていないようである。閉じた障子の窓越しに、さえざえとした月明かりが射《さ》しこんでいた。

まるで海の底のようにも思える。幻想的なブルーが濃く、どこか夢の中のようでもあった。

「……………」

音もなく、部屋に入る。

うしろ手に襖を閉め、息を殺して立った。

部屋には、ほどよく空調が効いている。噴きだしていた汗が、すっと引いた。

八畳ほどはあるはずの、広々とした部屋。

私室として夫婦で使っている部屋は別にあるため、畳敷きの和室には寝具のほかにはほとんどなにも置かれていない。

二人分の床が、並んで敷かれていた。

奥に横たわっているのが、瀬戸のようだ。前畑の立つ場所に近いほうの床には、たしかに秋子がいる。

6

（秋子さん）

甘酸っぱい想いに、胸を締めつけられた。美しい立ち姿で歌っていた、女子高生の秋子がまたも脳裏によみがえる。

瀬戸は妻に背を向け、いびきをかいていた。

たぶん、いつわりのいびきだろうが。

秋子はそんな夫のほうを向き、やすらかな寝顔を見せている。

まさか十七年ぶりに再会したその夜、こともあろうにその寝姿まで目撃できるとは。

しかもこれから、自分は寝姿どころではないとんでもない姿まで、見させてもらおうとしている。

(はじめますよ、瀬戸さん)

狸寝入りをする瀬戸に心で声をかけた。高いびきがわざとらしく聞こえる。

(もう、後戻りできませんからね。やりますからね)

前畑はそう思い、ごくっと唾を飲みこんだ。

夜這《よばい》。

そう、まさにこれは夜這である。自分はこれから高校時代のあこがれのマドンナに、夜這を決行するのだ。

「つ……」

いやでも非日常感が増した。耳の奥で不穏な耳鳴りがする。

行動を開始した。

そろそろと秋子の布団に近づいていく。

ひとつ大きく深呼吸。

(行け)

ひるむ自らを鼓舞するように、秋子の背後にするりともぐりこんだ。

「う、うーん……」

夫婦がそれぞれかけているのは、この季節ならではの薄いタオルケット。前畑はその中に身をすべらせ——。

(もうだめだ)

背後から熱っぽく、いとしい熟女を抱擁した。

「うーん……」

(ああ)

むずがゆそうに、秋子がうめいて身じろぎをする。前畑は感無量の思いで目を閉じ、さらに強く人妻をかき抱く。

熟れた女体は、得も言われぬぬくみに富んでいた。

温かで、しかもやわらかい。たまらなくいい香りもする。

「……好きでした」

つい、想いが言葉になった。

もう気持ちは止まらない。耳たぶに口を押しつけ、背後からたわわな乳を鷲《わし》づかみにする。

ふにゅり。

(ああ)

炭酸が胸からはじけたような気持ちになった。

なんとやわらかなおっぱいだろう。なんと大きなふくらみだろう。

どうやらナイトブラを着けているようだ。だが、たわわなふくらみのぬくみとボリューム、その重さは、それでも指に生々しく伝わる。

もうだめだ。もう本当にだめである――衝《つ》きあげられる思いで、前畑は豊満な乳房をまさぐった。

……もにゅ。もにゅもにゅ。

「う、うーん……えっ」

(気がついた)

ようやく秋子が覚醒《かくせい》した。だが寝ぼけているのだろう。すぐには状況がわからないようだ。

瞳がドロッと濁っている。重たげな瞼《まぶた》が小刻みにふるえる。

「秋子さん」

そんな人妻に熱っぽくささやいた。さらに背後から密着し、乳を揉む手に力をみなぎらせる。

「ええっ」

「静かにして、秋子さん」

秋子の瞳が大きく見開かれた。ムチムチのボディが硬直し、驚いたようにふり返る。

「ま、前畑くん!?」

「しーっ。声、出さないで」

……もにゅもにゅ、もにゅ。

「ああ……ちょ、ちょっと。えっえっ。なに。えっ、なに。あああ……」

乳を揉みしだかれ、秋子はとまどい、身悶《みもだ》えた。どうしてこんなことになっているのと、パニックなのがよくわかる。

さかんに身をよじり、前畑の束縛から逃れようとした。

だがいくら秋子が先輩でも、こちらが本気になれば男と女。獰猛《どうもう》さを露《あらわ》にした獣の力にかなうはずもない。

前畑はさらにもにゅもにゅと、柔乳を揉みしだいた。

「ちょ……ああン、あっあっ……だ、だめ。なにをしているの……」

「秋子さん、好きでした」

「えっ、ええっ」

「好きでした。高校生のころ。俺……あのころのこと、思いだしてしまって」

「な、なにを言っているの。きゃ」

乱れた黒髪を追いやって、耳たぶに口を押しつける。秋子はいやがってあばれ、しきりに隣の布団を気にする。

「好きでした。秋子さんは、あのころ俺のマドンナでした」

「ちょ……やめて、前畑くん。うそ、信じられない。どうしてこんな……」

「秋子さん、あのころよりずっときれいです」

「きゃあ……」

熱っぽくささやき、秋子のパジャマのボタンをはずした。

有無を言わせぬ強引さで、肩からするりと夜着を脱がせる。ナイトブラも邪魔だった。力まかせに胸からええいとむしりとれば――。

――ブルルルン！

「あああ」

「おお、秋子さん」

「や、やめて。やめてやめて。きゃあ……」

小玉スイカ顔負けの巨乳が闇の中で露になった。

胸の谷間にでもこもっていたか。甘ったるいミルクのような香りがふわりと広がる。

いやがる秋子の気持ちなどおかまいなしだった。ふたたび背後からむしゃぶりつき、はずむ柔乳をダイレクトにつかむ。

……ふにっ。

「きゃあ」

（おおおっ！）

「ああ、やめて。だめ、前畑くん。だめだめ。あああ……」

……もにゅもにゅ。グニグニ、グニ。

「ハァアン……」

練絹を思わせる乳肌は、少し汗ばんでもいた。

しっとりと指に吸いつくようないやらしい触感。夢中になって揉みしだけばゼリーのように変形し、艶めかしく指を押し返す。

「くぅ。信じられないです、秋子さん」

万感の思いが思わず言葉になった。

「前畑くん、やめて……」

「俺、秋子さんのおっぱいを揉んでる。あんなにあこがれていた秋子さんのおっぱいを」

「ヒィン」

スリッと指で乳首を擦《こす》った。

乳首はまだやわらかなままだ。前畑は熱い鼻息をこぼし、何度も乳首を擦りたおす。

「あっ……あっあっ……だめ、やめて、前畑くん。お、大声、出すわよ……」

うろたえる気持ちとは関係なく、熟れた身体に刺激が駆けぬけるのだろう。乳首を指で擦るたび、秋子はビクンと身体をふるわせた。

乳から前畑の指を剝《は》がそうと、その白い指は彼の手首に食いこんでいる。力をふりしぼり、なんとか狼藉《ろうぜき》をやめさせようとするが、それでも女体はビクビクと禁忌な責めに反応してしまう。

「おおお、ち、乳首、勃起してきた……」

「いや。やめて。放して。あァン……」

しこりを増しはじめた卑猥な乳芽に、前畑はますます興奮した。

キュッと締まった乳首は一気に硬くなりながらも、同時に乳芽ならではのやわらかさと湿りも伝えてくる。

せりあげる動きでネチネチとおっぱいを揉みしだいた。同時にしつこく乳首を責めたて、ガチンガチンに勃起させる。

「前畑くん、やめなさい。ほんとに大声、出すわよ。起こすわよ、この人を」

なじる声音で秋子はささやき、背後の前畑をキッとにらんだ。

本気でうろたえ、怒っている。

悲しんでもいた。

たしかに前畑の蛮行は、裏切り以外のなにものでもあるまい。

「け、警察にも訴えます。本気よ。でも今なら……あぁン、今なら誰にも黙っていてあげるから――」

「おっぱい、吸いたいです」

「ええっ。きゃあ」

横臥《おうが》していた秋子を無理やりあお向けにさせた。すばやく体勢を変え、あばれる肢体におおいかぶさる。

激しい動きの連続で、丸だしの乳房がいやらしく躍った。乳首が虚空にせわしなく、ジグザグのラインを描いてふるえる。

「ああ、おっぱいだ。秋子さんのおっぱいです」

ついに前畑は、秋子の乳房をその目で見た。

まん丸に盛りあがる乳塊は、はちきれんばかりのボリューム。前畑は息づまる気分になる。

たっぷりとした肉果実が、皿に落としたプリンのようにプルンプルンと重たげにはずんだ。

頂《いただき》をいろどるのは、ほどよい大きさのエロチックな乳輪。真ん中の乳首はしこり勃ち、サクランボのように張りつめている。

乳首も乳輪も、おそらく淡いピンク色のはずだ。清楚な人は乳輪まで、こんなに儚《はかな》げなのかと惚れぼれする。

「ま、前畑くん」

「おっぱいです。秋子さんのおっぱい。ああ、たまらない」

「ああ……」

前畑は乳房をつかんだ。

十本の指の中で、柔乳がいびつにひしゃげてふるえる。

「やわらかい。なんて、やわらかいんだ。それに、こんなに大きくて……」

……もにゅもにゅ。もにゅ。

「あああ、だめぇ……」

せりあげるようにねちっこく、前畑は乳房を揉みこねた。仲よく盛りあがる同じ形のふくらみが別々の方角に乳首を向け、されるがままに形を変える。

「やめて。だめ、前畑くん……あっあっ……揉まないで……前畑――」

「それに、それにそれに、んっ……」

腹を空《す》かせた赤子さながらの性急さ。前畑は片房の頂に、夢中になってむしゃぶりつく。

7

「ああ――ムンゥ……」

秋子はあわてて口を押さえた。漏れでる自分のはしたない声に、狼狽したのは明らかだ。

「おおお、秋子さん……秋子さん……」

……ちゅうちゅう。んぢゅ。ちゅう。

「んんんむぅ」

わざと品のない音を立てた。

ねちっこく乳房を揉みこねつつ、勃起した乳首を吸いたて、舐《な》めころがし、またしても吸う。

ちゅうちゅうと、いやらしい音が寝室にひびいた。

組みしいた人妻は、パニックぎみに肢体をのたうたせる。いやいやと、髪を乱して煩悶《はんもん》する。

「だ、だめ。吸わないで。吸っちゃいや……前畑くん……」

「はぁはぁ……や、やめられるものならやめたいです。でも……こんな秋子さんのおっぱい、見ちゃったら、もう俺……んっんっ……」

「ハアァン……んんむうっ……」

片房の頂を唾液でドロドロにすると、休む間もなくもうひと房の征服にかかった。

ビンビンに勃起した艶めかしい乳豆を熱烈に舐めしゃぶり、舌ではじき、もうひと房の乳首は指につまんで何度も揉む。

「むんぅ、むんぅ、や、やめて……ああン……前畑くん……ほんとに……声を出すわよ……ほんとに出すわよ……あああ……」

発情しはじめた乳首を責められる快感は、かなり強烈なのだろう。

舌でねろんと硬い乳芽を舐めあげれば、秋子はおもしろいほど女体を痙攣《けいれん》させた。

身体の火照りも尻あがりに増し、ムチムチとした上半身が、さらにしっとりと汗の湿りを帯びてくる。

「ああ、秋子さん……んっんっ……」

「ほ、ほんとに声、出すから」

最後の警告のような言葉には、悲愴な感情が入りまじっていた。

本当はそんなことをしたくはないが、これ以上の鬼畜な所業は許せないと、表情も声のトーンも伝えている。

しかし、前畑はやめなかった。

「舐めたかった……んっんっ……こんなふうに、秋子さんのおっぱい。あのころずっと。はぁはぁ……」

「ま、前畑くん、あっあっ、あああ……」

……もにゅもにゅ。グニグニ、グニ。

乳を揉む指に、さらにせつない力がこもる。乳首を舐める舌の動きも、いっそう嗜虐《しぎやく》の色を帯びた。

「あああ……前畑くんが、こ、こんな人だったなんて。ハァン……」

「はぁはぁ……うれしいなあ。うれしいなあ。ああ、俺ほんとに……はぁはぁ……秋子さんのおっぱい吸ってる。しかも……おっぱいだけじゃなくて……」

「ヒイィ」

言いながら、前畑は股間を秋子の太腿《ふともも》に擦りつけた。

勃起した極太が互いの下着とパジャマのズボン越しに、秋子の腿をグイグイと押す。

「あ、あなた」

それが契機になった。

秋子は瀬戸のほうを向き、大きな声で助けを求める。

「おおお、秋子さん、んっんっ……」

前畑はなおも、熟女の内腿にペニスを擦りつけた。

あふれる想いを品のない行為にこめ、ネチネチと乳を揉み、硬い乳芽を舐めしゃぶる。

「あああ。やめて。あなた、起きてください。助けて。あなた……あなた！」

もはや容赦はなかった。

秋子は切迫した声をあげ、横たわる夫にＳＯＳを出す。

しかし、瀬戸はぴくりともしない。

「あ、あなた……あなた、起きてください！　ねえ、助けて、あなた！」

そんな瀬戸に、いささかとまどったようだ。秋子はさらに声を大きくし、ヒステリックに夫を呼ぶ。

「あなた……あなた！」

すると――。

「いいんだ」

ようやく瀬戸が反応した。

「……えっ」

秋子が動きを止める。息を呑《の》んで瀬戸を見た。

「抱かれなさい、秋子」

こちらに背中を見せたまま、瀬戸は言った。

「……ええっ」

夫の言葉は驚天動地のものだったろう。秋子は硬直し、耳を疑う顔つきで瀬戸を見た。

「抱いてもらうんだ」

背中を見せていた瀬戸が、タオルケットを払いのけた。もう我慢ならないとばかりに、勢いよく上体を起こす。

(えっ)

「きゃああ。あ、あなた!?」

前畑も目を見開いたが、思いは秋子も同じだったようだ。

いや。

ここまでの経緯《いきさつ》をまったく理解していないぶん、秋子のほうが衝撃は何倍も強いだろう。

瀬戸は半裸だった。パジャマのズボンも下着も着けていない。下半身を丸だしにし、しかも——。

「あなた!?」

「はぁはぁはぁ……おおお、秋子……」

ペニスを握り、しこしことしごいている。

もちろん男根は勃起などしていない。やわらかくしおれたままの肉茎を、瀬戸は狂おしく刺激した。

「あ、秋子、遠慮はいらない。俺のことは気にしないでいい」

それは滑稽《こっけい》な眺めだった。

同時にせつなさも感じさせる。

勃ってもいない肉棒を夢中になってしごきながら、瀬戸は夫としての威厳とともに妻に言う。

「あなた」

「前畑くん、早く」

「あっ……は、はい」

早く進めろということだろう。前畑は我に返り、すばやく秋子の下半身からパジャマのズボンをずり下ろす。

「きゃあああ。ちょ……や、やめて」

中から露になったのは純白のパンティと、ムチムチと健康的な白い太腿。腿の肉がフルフルとふるえ、いかにも旨そうなその眺めに、前畑は涎を垂らしそうになる。

「やめて、前畑くん。あ、あなた……なに。いったいどういうこと」

とられたズボンを奪い返そうとしながら、秋子は錯乱ぎみの声をあげた。乳が揺れる。腿がふるえる。

パンティ一枚にさせられた美熟女は、肉感的な官能美とともに二人の男を魅了する。

「お、俺が頼んだんだ、前畑くんに」

そんな愛妻に、瀬戸が男根をしごきながらにじりよった。

「ええっ？」

眼窩《がんか》から目玉がこぼれ落ちそうだ。秋子は目を剝き、夫の言葉に思考が停止したようになる。

「なんですって」

「おまえ、欲求不満だろ。恥ずかしがらなくていいんだ。それが当たりまえだ。自然なことなんだ。セックスしたいって思うのが当然なんだ」

「あ、あなた」

「俺たちのことは全部話してある。だからおまえも、遠慮なんてしなくていいんだ。今夜は思いきり気持ちよくなって――」

「なにをばかなこと言ってるんですか――きゃあああ」

夫とやりとりをしているせいで、秋子は前畑のことにまで気がまわらない。チャンスだった。前畑は両手を伸ばし、美しい人妻の股間から純白の下着を脱がせようとする。

指を引っかけ、一気にずり下ろした。下着の下からひかえめな、淡い繁茂が露出する。

「や、やめて。やめて。脱がせないで。いや。いやいやいや」

「おおお、秋子さん……」

「パンツ、返して」

秋子は上体を起こし、パンティを奪い返そうとした。

しかし前畑は、用をなさなくなった下着を両の足首から脱がせると、秋子を荒々しく押したおす。

「あああ」

「はぁはぁ……秋子さん」

「きゃあああ。いや。恥ずかしい。いやあ……」

あばれる秋子に有無を言わせなかった。もっちり美脚を左右に広げ、下品なガニ股《また》の格好にさせる。

「いやあああ」

「うおお、秋子さん、秋子さん」

……ねろん。

「あああああ」

股のつけ根に裂けた卑猥な牝花を、前畑はひと舐め、舌であやした。

そのとたん、秋子の喉からほとばしったのは、この日いちばんの乱れ声。

我を忘れた声だった。

天に向かって喉を突きあげ、艶めかしく背すじをそらせる。

「いいぞいいぞ。さあ、前畑くん、もっとやってくれ。ああ、ゾクゾクする」

そうした妻のあられもない姿に、前畑は本気で興奮していた。闇の中でもギラギラと、その目は輝き、血走っているように見える。

「あ、あなた、なにを言っているんですか。ああああ」

れろんともう一度媚肉を舐め、陰核を舌ではじいた。

たまらないのだろう。気持ちいいのだろう。秋子の喉からはじける声は、さらにエロチックな艶《つや》を増す。

「おお、秋子さんのオマ×コを舐めているなんて、信じられません」

閉じようとするもっちり腿を力まかせにグイグイと押した。

清楚な人妻をガニ股姿におとしめたまま、前畑は舌を躍らせ、究極の部分を夢中になって舐めたてる。

……ぴちゃぴちゃ。

「あああ。あっあっ、だめ……待って。待ちなさい、前畑くん。あああ」

秋子は完全にパニックだ。上体を起こして前畑の頭を押さえ、自分の股間から剝がそうとする。

「くぅ……」

しかし、前畑は動じない。舌を躍らせ、くねらせて、肉莢からずるりとクリ豆をほじくり出すや――。

……れろれろ、れろん。

「うあああ」

剝《む》き身の牝芽を舌ではじく。

秋子は布団にあお向けに落ちた。またも上体を起こそうとする。だが、前畑がクリトリスを舐めたてるたび、何度も布団に背中から落ちる。

「うぅ、秋子さん、興奮する。オマ×コです。秋子さんのオマ×コです。んっんっ……」

……ぴちゃぴちゃ。れろん、ねろっ。

「あああ。やめて。舐めないで。いや、恥ずかしい。どうしてこんな……あ、あなた、やめてください。見ないで。そんなことしないで！」

「はぁはぁはぁ……おお、秋子……」

赤の他人にもてあそばれる妻を、膝立ちになり、身を乗りだして瀬戸は見た。

その顔は赤黒く火照っている。両目はますます淫《みだ》らに輝き、漏れだす吐息ははぁはぁと、息苦しさを増している。

8

「す、すごく興奮する。思ったとおり興奮する」

声をふるわせ、うわずらせ、うめくように瀬戸は言った。

言葉のとおり、強烈な情欲に身を焦がしていることは間違いない。狂ったようにしこしこと、股間のペニスをしごいている。

だが男根は、細長いゼリーのように力がない。持ち主が一心にしごくたび、プルンプルンと上へ下へと亀頭を揺らす。

「あ、あなた」

そんな夫を、愕然《がくぜん》とした顔つきで秋子は見あげた。

ショック、驚き、悲しみ、羞恥《しゅうち》――さまざまな感情が入りまじる楚々とした美貌は、しかし同時に艶めかしく火照りだしてもいる。

「うう、秋子さん、ああ、クリ豆、すごくおっきくなってきました。わかりますか、ほら、ほら……」

あばれる内腿に指を食いこませ、怒濤《どとう》の勢いで舌を使った。

息を荒げてクリトリスを舐めはじき、肉割れも何度も舌でこじる。

「うあああ。ああ、やめて。だめ、恥ずかしい。ああ、そんな……あっあっあっ……いや、どうしよう。あっあっあっ。あああ。あああああ」

突然引きずりこまれた信じられないシチュエーションに、秋子はなすすべもなくよがり、悶えた。

冗談ではないと思う気持ちは依然としてあるだろう。だが恥も外聞もない前畑の責めに、意志とは関係なく身体が暴走をはじめている。

(ほんとに敏感だ)

我を忘れた声をあげて乱れる熟女を見ながら、前畑は歓喜に打ちふるえた。

本当にこんなことをしてよかったのかどうか、この期に及んでもわからない。

だが、彼は幸せだった。

衝きあげられるような昂《たかぶ》りに呪縛《じゆばく》されてもいた。

まさか自分なんかが、あのあこがれのマドンナの牝肉にむしゃぶりつける日が来ようとは――。

(ああ、いやらしいオマ×コ)

さかんに責めたてながら、焦げつく目つきで前畑は眼前の媚肉を見た。

あの可憐《かれん》な美少女の股のつけ根には、これほどまでにいやらしい肉の裂け目があったのである。

秋子の秘唇は、すでにラビアがめくれ返っていた。

肉厚のビラビラはいかにも重たげ。それが左右にいやらしく広がり、満開の百合《ゆり》の花のようになっている。

剝きだしになった膣粘膜は、たった今切断したばかりの紅鮭《べにざけ》を彷彿《ほうふつ》とさせた。

生々しいサーモンピンクがぬめり光るのは、前畑がまぶす唾液のせいばかりではもちろんない。

「おお、秋子さん、秋子さん」

「あああ。あああああ」

舌をとがらせ、膣穴にグリグリと突きたてた。

剝き身の陰核も責めたてる。唾液をまぶした指で執拗《しつよう》にあやし、コロコロと転がし、刺激する。

「うああ。ああああああ」

「おお、すごい声だ。オマ×コ、いいか。んん？　秋子、オマ×コいいか」

乱れる美妻のあられもない姿に、瀬戸もいちだんと昂った。布団からはみだして、さらに秋子ににじりよる。

おおいかぶさるように身を乗りだし、息を乱して視姦《しかん》しながら、勃たない肉茎をしごきにしごく。

「いや、そんなことしないで。ち×ちん、しごかないで。ち×ちん、いや。ああ、私を見ながら、そんなことしなあああああ」

「おお、秋子さん……」

……れろれろ。れろん。ピチャ。

「気持ちいいんだな。ああ、あのころよりいやらしい。ずっと我慢してたんだろ、秋子。オマ×コ、いいか。んん？　オマ×コ、いいか。はぁはぁはぁ」

「ち、違う。感じてない。私、私、感じてなんかうああああああ」

……ブチュ。ブチュブチュ。ブシュシュ！

「――ぷはっ。おお、秋子さん……」

「いや。違う。違うの。あああああ」

感じていることを否定する秋子の淫肉は持ち主を裏切った。しぶく勢いで潮を噴き、前畑の顔面にたたきつける。

「おおお。秋子、なんていやらしい」

「違う。違う違う。ああ、恥ずかしい。見ないで。あああああ」

……ブシュッ！　ブシュシュ！　ビチャビチャ！

「おお、エロい。はぁはぁ……わかりますか、秋子さん。オマ×コから、噴水みたいにエロい汁が……あっ、ぷはっ」

ピンク色の膣穴が、弛緩《しかん》と収縮をくり返す。そのたび透明な飛沫《しぶき》が噴き、シャワーのように、前畑の顔に襲いかかる。

「ぷっはあ」

「いやあ。だめ。ああ。なに、これ。どうしてこんな。違うわ。違うゥ。こんなの私じゃない。こんなの私じゃ」

「ああ、秋子さん」

「あああああ」

恥じらいながらも快感をこらえされない秋子に、しびれるほどの興奮をおぼえた。前畑はぬめる秘割れに二本の指を挿入する。秋子の胎肉はあっという間に卑猥なとろみを帯びていた。

指を締めつける膣路は、熟柿さながらのとろとろぶり。それが指にまつわりつき、催促するように蠕動《ぜんどう》する。

「秋子さん、こうしてほしいでしょ。ねえ、こうでしょ」

……ぐぢゅる。ぬぢょぬぢょ。

「うあああ。ああ、だめ。やめて、待って。待って待ってあああああ」

「はぁはぁ。はぁはぁはぁ」

波打つ狭隘《きょうあい》な胎路の中で、前畑は指を抜き差しした。

指の腹でえぐりこんでいるのは、秋子のGスポット。ちょっとザラザラした場所に小刻みなピストンで刺激を与える。

Gスポットは、陰核の一部だと聞いたことがあった。ぴょこりと飛びだした肉豆はクリトリスの一部にすぎず、じつはそこから脚が伸び、膣に巻きついているという。

「あああ。あああああ」

「秋子、感じるか。いやらしい、いやらしい。ああ、俺の女房がほかの男にこんなことされてよがってる」

発情したGスポットを責められては、いかな秋子でも我慢をするのは困難だろう。

しかも彼女にしてみれば、久しぶりに味わう快さ。貞操でありたい人格を裏切り、忍耐を強要されつづけた生殖の園が、歓喜の叫びをあげているようにすら前畑は思った。

「ああ、あなた、見ないで。死にたい。死にたいい。あああ」

秋子は髪をふり乱し、とり乱した声で叫び、あえいだ。

閉じた瞼から涙のしずくが飛びちっていく。両手は白いシーツに伸び、狂ったようにガリガリと爪《つめ》で生地をかきむしる。

「いいんだ、感じなさい。オマ×コいいか、秋子。オマ×コ、いいんだろ」

瀬戸は大興奮だ。ほうけたように開いた口から唾液がしたたり、よがり泣く愛妻の美貌に音を立てて落下する。

顔の赤黒さはさらに増していた。見開いた両目も完全に血走り、もはや狂気すら感じさせる。

「いやあ。いやあ。ああああああ」

夫の唾液をビチャビチャと浴び、秋子は泣きながらかぶりをふった。

薄桃色に染まった裸身から、微細な汗粒を噴きださせている。

乱れた黒髪が火照った小顔にまつわりつき、濡れ場ならではのしどけない眺めをかもしだす。

「秋子、オマ×コいいと言ってくれ。気持ちいいと言ってくれ。今までごめんな。つらかったな」

男根をしごきながら、声をふるわせて瀬戸は言った。

秋子の淫肉は「うれしいの、うれしいの」とでも言うかのように蠢動《しゅんどう》し、かきまわす前畑の指を締めつける。

「あああああ」

いつしか秋子は尻を浮かせ、分娩台《ぶんべんだい》に横たわる妊婦のような格好になっていた。両脚をくの字に曲げて爪先立《つまさきだ》ちになり、ブルブルと腿の肉をふるわせる。ふくらはぎの筋肉が盛りあがって締まり、真っ赤に染まった足の指がせわしなく痙攣する。

「ああ、どうしよう。だめ。見ないで。あなた、見ないでえええ。あああああ」

秋子のヒップがさらに浮いた。

恥じらう意志とは裏腹に、もっともっととせがむかのごとく、自ら腰がカクカクとくねる。さらに強烈な指と恥肉の擦れあいを求める。

「おお。秋子さん、いやらしい」

前畑も興奮した。怒濤のピストンで、Gスポットを責める。

……ぐちょぐちょぐちょぐちょ！

「あああ。感じちゃう。困る。感じちゃうの。あああああ」

とうとう秋子は背すじまで浮かせ、爪先立ちの両脚をふるわせた。清楚な秋子とも思えない品のない姿。命じたわけでもないのに大胆な大股開きになり、膣からしぼられる卑猥な汁を雨滴さながらシーツにもらす。

「おおお、秋子、秋子おおおお。み、見てくれ。少し勃ってきた」

半分泣きながら、瀬戸が自慰をした。

細長いゼリーのようだった陰茎が、彼の言うとおり、いくぶん淫靡な力をみなぎらせだしている。

「ああ、あなた、うああああああ」

そんな夫のペニスの変化にちらっと目を向けつつも、もはや秋子は狂乱地獄。髪を乱し、首すじを引きつらせ「あああ。ああああああ」と獣になる。

「もうだめ。我慢できない。イッちゃう。イッちゃうううう」

「えっ。おお、秋子！」

「イッちゃうイッちゃうイッちゃう。あああああ。あああああああああ」

「あっ……」

……ビクン、ビクン。

稲妻にでもつらぬかれたかのようだった。秋子はドサリと尻を落とす。派手に身体を痙攣させ、右へ左へ身をよじる。

「おう。おう。おう」

「おお、秋子……はぁはぁ……イッたな、イッたんだな……」

「あああ。いや……いやあ……おう。おう……」

アクメのカタルシスにおぼれる愛妻を、感無量の顔つきで瀬戸は見た。男根をしごくのもやめ、一物から手を放している。

たしかに勃起の兆しがあった。

勃ちかたとしては、まだ二分か三分。だが、長いことぴくりともしなかったことを思えば、奇跡のような光景ではないだろうか。

「秋子さん……」

前畑も乱れた息をととのえながら、歓喜にむせぶ秋子を見た。

すでに、指は膣から抜いている。濡れた指から愛液がしたたり、シーツにいくつものシミを作りだす。

秋子はなかば白目を剥いていた。

強制的な絶頂ではあったが、それでも絶頂は絶頂だ。なにもかも忘れ、女の悦《よろこ》びにひたっている。

濡れた頬にべったりと髪を貼《は》りつけた。変な角度に裸身をねじる。重たげなおっぱいがそのたびに、たっぷたっぷといやらしく跳ねる。

「うう……う、うう、もういやです……もういや。うう……」

「あ……」

やがて、秋子はアクメから解放された。

我に返った人妻は両手で顔をおおい、胎児のように裸身をまるめる。

まだなお痙攣はつづいていた。

しかしそれでも、秋子は号泣する。見栄も体裁もかなぐり捨てた心からの悲しみ。前畑は胸を締めつけられる。

「あ、秋子……」

思いがけない愛妻の姿に、瀬戸も途方に暮れたようだ。

気持ちは前畑もまったく同じ。今さらのように罪悪感が、臓腑の奥からせりあがってくる。

「ど、どうして……あなた、どうしてですか……」

身も世もなくしゃくりあげ、秋子は夫をなじった。

「えっ……あの、秋子……」

「どうして、こんな惨めな思いをさせるの……ひぐっ……こんな私、嫌いです
……ちっとも幸せじゃない……死にたいです……死にたいぃ……えぐっ……」

「ああ……」

なんてことをしてしまったのだという後悔が、みるみる瀬戸を別人に変えた。

股間の肉棒が力をなくす。それは前畑も同じであった。

(最悪だ)

淫らな欲望を前にして、やはり理性を失っていたのだとようやく悟った。

「うう。うう……」

泣きむせぶ人妻を見下ろして、男たちは文字どおり、どちらも言葉を失った。

第二章　狂い泣く人妻の痴態

1

「お客さん、試食してみ」

声をかけられ、ハッとする。

前畑はあわててそちらを向いた。

日焼けした、しわしわの顔で老婆が笑っている。

神社仏閣の多い古都として有名なZ市。支倉《はせくら》酒造はその郊外、小高い山へとつづく幹線道路ぞいにある。

Z市は美しく広大な梅林のある土地としても有名だ。

前畑は、支倉酒造の直売所にいた。

笑いながらタッパーを差しだしてきたのは、店番の老婆である。

昭和の昔に建てられたらしきレトロ感あふれる建物。店内の木の壁は、しっかりと、いい感じに黒くなっている。

「な、なんですか」

前畑はあわてて老婆に応じた。差しだされたタッパーには、小さく切られた漬物らしきものが並んでいる。

漬物のひとつには、すでに楊枝《ようじ》が刺さっていた。

「奈良漬《ならづけ》だよ」

老婆は笑いながら前畑に言った。

「あっ……ああ、そう言えばこちらのお店、おいしい奈良漬でも有名でしたもんね」

前畑は思いだし、老婆に応じる。

支倉酒造は日本酒だけでなく、梅酒や奈良漬、高級大吟醸をたっぷりと使った淡麗な酒ケーキなどでも名をはせていた。

「最近は瓜《うり》の収穫量も減ってきてるしね。造るのも手間だし、けっこうたいへんなんだけど、お客さんがみんな喜んでくれるからさ」

「でしょうね。すみません、それじゃ遠慮なく」

前畑は老婆に会釈をし、奈良漬に手を伸ばす。楊枝をつまんで、ひと切れ取りだした。

「いただきます」

ぱくりと口に頬ばる。

……ポリポリ。

「旨い」

「そうかい。フフ。そいつはよかった」

甘いようなしょっぱいような、奈良漬独特の味覚が、口の中に広がる。

噛《か》みしめるたび、耳に心地いい音がひびいた。豊潤な味わいが、そのたび惜しげもなく瓜から染みだす。

白うりを塩漬けにし、何度も酒粕で漬け返たすえにようやく完成するという奈良漬。

ふだんはあまり食べないが、旅行情緒も加わって、なぜだかやけにうまく感じられる。

「もう一個いいよ。よかったら」

物欲しそうな顔をしてしまっていたか。老婆がニマニマと笑いながら、ふたたびタッパーを差しだした。

「い、いいんですか」

「ああ。旨そうに食べてもらえると、こっちもうれしくなる」

「じゃあ、ごちそうになります」

前畑は最敬礼をし、楊枝に新たなひと切れを刺した。ポリポリと音をひびかせて咀嚼《そしゃく》すれば、老婆がさらに顔をクシャクシャにする。

「旅行かい」

レジのほうに戻りながら、気さくな調子で老婆がたずねた。

「あっ、はい。Q県から来ました」

「ほう。そりゃまた遠くから」

前畑のアパートからは、電車を乗りかえて三時間ほどの距離。

老婆がそう言うのも無理はなかったが、昨日発《た》ったX市からは、一時間半ほどしか離れていない。

「なにか目当ての酒でも」

「あっ……ええ、じつはそうなんですけどね」

話をふられ、前畑は店内の酒を見まわした。

「有名な幽《かすか》があればなあと思ってきたんですけど」

「ああ、幽」

困ったように笑って老婆が言った。

「残念ながら、もうとっくに売りきれ」

「ですよね。いや、そうだとは思ったんですけど」

前畑も苦笑して老婆に応じる。

支倉酒造のほこる大吟醸酒「幽」は日本酒好きの間では天下の逸品として知られている、これまた幻の酒。

死ぬまでに一度は飲みたい幻の酒ランキングの常連で、すでに殿堂入りも果たしているような名酒である。

酒蔵の直売所でしか扱っておらず、製造本数も少ないため、あっという間に市場から消えるプレミアムな酒。

ただ、ときどきなんの予告もなく、ふいに店頭に並べられることもある「気まぐれな酒」としても有名だ。

もちろん前畑のような一見《いちげん》の客が、偶然そんな幸運にめぐり会えるとも正直思ってはいなかったが。

(て言うかさ……)

前畑は小さくため息をつく。正直、地元を出るときに感じていたような昂揚感は、とっくになくなっていた。

理由は決まっている。

楽しみにしていた透水酒造。まさかそこで秋子と再会し、あのようなひどいふるまいに及んでしまうとは。

(最低の男だよな、俺)

この支倉酒造に来ることも、楽しみにしていたはずだった。しかしあこがれの酒蔵、その直売所にやってきたというのに、気づけばいつしかぼうっとし、心は秋子の泣き顔にとらわれる。

「飲みたかったかい、幽」

レジの向こうの定位置に戻り、老婆はにこやかに聞いた。

「えっ。ああ、それはやっぱり……でも、人気があることはわかっていますから、最初からあきらめてはいたんですけどね。それに、ほかにも魅力的なお酒はいっぱいあるし」

前畑はそう言って、さまざまな酒類、奈良漬やケーキなどが並ぶ店内を見た。決して世辞ではなく、ここは決して「幽」だけの酒蔵ではない。

「飲めるお店、教えてあげようか」

ところが、思いがけないことを老婆が言った。

「えっ」

前畑は思わず目を見開く。

「あるんですか、そんなお店」

意外な情報だった。

旅に出る前、ネットでいろいろと調べたが、幽が飲める店のことなどどこにも掲載されていなかった。

「ただし、インターなんとかに書いたりしないでおくれよ。約束できるかい」

老婆はレジの近くにあった棚をガサゴソと漁《あさ》り、バインダーに挟まれた紙たばを取りだした。

「も、もちろんです」

前畑は何度もうなずき、忠誠を誓う。インターなんとかというのは、おそらくネットのことだろう。

「じゃあ、ここに書いておくれ。住所と名前と電話番号」

「は、はい」

ずいぶん警戒厳重だなと思いながらも、言われるがまま個人情報を書きこんだ。それを見た老婆は、棚の中から名刺を取りだす。

「これを持って、ここに行きな。そうさね……五時ぐらいには、店を開けていると思う」

老婆は言って、前畑に名刺を渡した。

紙を取りだし、住所録らしきものを見ながらサラサラと店名と住所を書き写していく。

「支倉直美《なおみ》……さん」

名刺に書いてある名を、前畑は読みあげた。支倉酒造十二代目蔵元と書かれている。

「そう。わし」

「はぁはぁ……えっ！」

なにげなく相づちを打ってから、前畑は仰天する。

「わ、わしって……えっ、それじゃ──」

「わし、直美。ほい、これ」

老婆──どうやらこの酒蔵の十二代目当主らしい直美老婆は、店の情報を書きとめた紙片を前畑に渡した。

「あ、ありがとうございます」

「なにがあったか知らんけど、そこで少し癒《いや》されてきな」

「……えっ」

紙から顔をあげて見つめると、老婆はにんまりと口角をつりあげた。

「きれいな女ばっかりじゃ。癒されてくるといい。しかもあんた、よく見ると……」

しげしげと前畑を見て、老蔵元は言った。

「……はあ。よく見ると、なんですか」

言葉のつづきが気になって、前畑は聞いた。しかし、老婆は――。

「いやいや、なんでもない」

ヒラヒラと手をふる。

「とにかく行ってみな。たぶん、向こうも……うひひ。大歓迎で受けいれてくれるはずだから」

そう言って、老婆は黄ばんだ歯を剝きだしにした。

2

「ここか……」

支倉酒造の老蔵元から教えられた店は、小さな小料理屋だった。

駅前にとったビジネスホテルとも、支倉酒造ともずいぶん離れている。

駅を基点に考えたら、まさに酒蔵とは正反対の方向――駅前からバスに乗り、

三十分近くものんびりと揺られて、前畑はようやくその街に着いた。

スマートフォンの地図アプリにみちびかれるがまま、住宅街の迷路のような道を歩きまわった。

そしてやっとのことで、彼はめざす小料理屋の前に立った。

店の前には和風の電飾スタンドが出され、すでに灯《あか》りが点《とも》っていた。スタンドには、教えられたとおり「きぬえ」という店名が書かれている。

外から見るかぎり、どこにでもあるような小料理屋に見えた。まさかこんななんの変哲もなさそうな店に「幽」が置かれていようとは。

「いらっしゃいませ」

暖簾《のれん》をかき分け、引き戸を横にすべらせた。

元気いっぱいの女性の声に出迎えられる。しっかりと空調が効いていた。煮物らしきいい匂いがただよっている。

ひと目見ただけで、掃除のいきとどいた清潔感ただよう店だとわかった。

「いいですか」

客はまだ一人もいなかった。おそるおそる、前畑は聞く。

「はい、どうぞ。お好きなところに」

その女性は満面の笑みとともに、カウンターの中から前畑に言った。カウンターは見事に磨きぬかれている。

「は、はい」

前畑は会釈をし、引き戸を閉めた。

ウナギの寝床のような、細長い造り。カウンターの席しかなく、L字になったそこも、十人も座れば満席というような席数だ。

カウンターの向こうには二人の女性がいた。

前畑を招じいれたのは、年のころ二十五、六に思える人なつっこい感じの女性。ショートカットの中性的な髪型と、笑うと垂れ目がちになる癒《い》やし系の美貌が印象的だ。

秋子に負けずおとらず、肉感的な女性でもあった。

白いブラウスを着ていたが、胸もとを盛りあげるふくらみは、これまたはちきれんばかりである。

(こっちの人が、女将さんかな)

前畑はショートカットの女性に笑顔を返し、奥のほうに立つもう一人の女性を見た。

　こちらは年のころ、三十代後半。ひょっとしたら四十路《よそじ》を迎えたかどうかというぐらいの熟女にも見える。

　割烹着《かっぽうぎ》に身を包んだ和装のいでたち。煮物の準備をしていたらしく、アルミ鍋から白い湯気が立ちのぼっている。

「い、いらっしゃいませ」

「どうも……」

　目があうと、割烹着の熟女は居心地悪げに挨拶をした。

　ショートカットの女性と割烹着の熟女の真ん中あたりの席に座った前畑も、ぎこちなく会釈を返す。

　客商売をしているのに、あまり愛想がないように思える女性だった。

　ちらっと前畑に目をやると、またもあわてて視線をそらす。ぎくしゃくと、とまどったように身じろぎをする。

（きれいな人ではあるんだけどな）

　前畑は思い、なおも熟女を盗み見た。

うつむいた美貌は色白の細面。

栗色《くりいろ》の艶髪をアップにまとめて、うなじを出している。

切れ長の目は吊《つ》りぎみでアーモンドのような形をしていた。鼻すじがとおり、こうしてみると睫毛《まつげ》も長い。

まさに、クールな美女という感じの顔だちだった。あまり笑わず、寡黙そうに見えるのも雰囲気にあっている。

ただ、唇だけはぽってりと肉厚だった。

セクシーさを感じさせるその唇には色っぽい紅がぬられ、この年頃の女性ならではの熟れた色香が強調される。

全体に、無駄な肉などどこにもなさそうなスレンダーな美女に見えた。酸いも甘いも嚙みわけたふうな雰囲気は、どこか儚げな艶も感じさせる。

たしかに老婆の言うとおり「きれいな女たち」ぞろいの店のようだ。

「お飲み物、どうしますか」

気づけばショートカットのほうが、かたわらに近づいていた。おしぼりとおとおしを前畑の前に置き、相好をくずして彼を見る。

おとおしは、オクラに枝豆、ワカメの和えもののようである。

「ああ……そ、そうですね。それじゃ……とりあえず、生。中ジョッキで。それと──」

前畑は適当に、二品ほどツマミを注文した。

「はーい。承知しました」

ムチムチ系の美女は笑みをふりまき、前畑のそばを離れていく。

白いブラウスとあわせているのはブルーのデニムだった。見事なヒップをプリプリと左右にふり、カウンターの中に戻っていく。

(えっ)

前畑はギクッとした。

さりげなく割烹着の熟女に視線を向けると、あわてて視線をはずされる。目があうまでこちらを見ていたらしいことは明らかだ。

(どこかで会ったか。そんなわけないよな)

前畑はつい失笑した。奇跡のような偶然は、秋子一人で十分だ。

しかし、どこかで会ったわけではないとしたら、この熟女の妙な視線の理由はいったいなんだ。

「あの……女将さん、ですか」

「……えっ」

勇気を出して、和装の美女に声をかけた。熟女は驚いたように目を見開いて前畑を見る。

「そうですよ。近所で評判の美人女将、絹枝《きぬえ》ママでえす」

返事をしたのは、人なつっこいショートカットのほうだった。

「ちなみに私はただのお手伝い。近所に住む主婦の源氏名、早希《さき》」

「源氏名って……本名でしょ、早希ちゃん」

「あっ、そうか。あははは」

おどける早希に、とまどったように女将が言った。前畑も早希と一緒に笑い、老婆から渡された名刺を取りだす。

「あの、女将さん、このかたに紹介されてきました」

そう言って、名刺を絹枝に差しだした。

美人女将はわずかに眉をひそめる。割烹着で手をぬぐい、両手で名刺を受けとろうとした。

着物の袖《そで》がつっとずれる。白く細い、前腕の一部が露になった。

なんときれいで長い指をしているのだろう。

前畑は不意をつかれる。

色っぽい人は指まで色っぽいんだなと感心しながら絹枝に名刺を渡した。

「まあ」

名刺に目を落とした絹枝は意外そうに目を大きくする。

「それじゃ……」

答えを求めるように前畑を見た。

「ええ。あの……こちらにうかがえば、幽が飲めると教えてもらいまして」

「へえ、珍しい」

意外そうな声をあげたのは手伝いの早希だ。

「お客さん、お知りあいなんですか、直美ちゃんと」

「い、いえいえ」

直美ちゃんかよと思いながらも、前畑は真摯《しんし》な態度で早希に応じた。

「今日はじめて会ったばかりです。俺……あっ、わ、私は、Q県から来た、ただの観光客で、前畑と言います」

前畑は早希に答え、絹枝にも顔を向けた。絹枝は何度もうなずき、上品な挙措で前畑に名刺を返す。

「そっか。じゃあ、お客さん……前畑さんでしたっけ、直美ちゃんに気に入られたわけだ。そういうことなら、どうします」

早希はジョッキを用意して、生ビールディスペンサーからビールを注ごうとしていた。

ビールはやめにして、最初から日本酒でいくかたしかめたようである。

「あっ、いえ。お気づかいなく。最初はビールをいただきます。暑いから、喉が渇いてしまって」

「了解でえす」

前畑の返事を聞き、早希はディスペンサーからビールを抽出した。いい感じの泡を立てながら、旨そうな黄金色の液体が並々と注がれていく。

「こちらですね」

涼やかな声の主は、絹枝である。彼女を見た前畑は、つい「おおっ」と嘆声を漏らした。

美人女将が両手で抱えているのは、夢にまで見た幻の日本酒「幽」の一升瓶。前畑はつい破顔した。

「ちょ、ちょっとだけ触らせてもらっていいですか」

そう言って、両手を伸ばした。

「やだ、女将さんをですか」

「違いますよ！」

「あははは」

くだけたジョークで早希がつっこむ。あわてて否定すると、おかしそうに早希は身をよじった。

（おおお……）

そんな無防備な動きのせいで、胸もとのふくらみが重たげに揺れる。

白いブラウスを押し返して艶めかしく盛りあげ、窮屈そうにカサカサと音を立ててブラウスと擦れる。

「え、ええ、どうぞ」

絹枝は困ったように笑い、カウンター越しに一升瓶を手わたした。

「あっ……す、すみません」

(笑顔もすてきだ)

ようやく笑顔を見せてくれた。そんな女将に、いささかホッとするものも、前畑は感じる。

「とうとう出会えた」

一升瓶を受けとった前畑は、ついニマニマと腕の中の酒を見た。瓶の中の日本酒は、まだ四分の三ほど残っている。

「お宝もののお酒なのに、あるところにはあるんですね」

「直美さんには、いつもよくしていただいて」

口もとに色っぽい笑みを浮かべ、絹枝はひかえめな調子で言った。細いうなじに指をやり、間を持てあますように身じろぎをする。

「そうなんですね。ありがとうございました」

女将に一升瓶を返そうとすると、折よく早希が、生ビールと注文したツマミを運んできてくれる。

小松菜のおひたしと、イカの塩辛。

夜は長い。ゆっくりと、酒と料理を味わわせてもらおうと思っていた。まずはこんなツマミでウォーミングアップである。

3

「いただきます」

ジョッキをかざし、女将に挨拶をした。絹枝は作業をしながら、上品な仕草で目礼を返してくる。

ジョッキに口をつけ、ビールを飲んだ。

喉が渇いているのは本当の話だ。乾いた大地を潤す慈雨のように、刺激の強い冷たいビールが五臓六腑に染みわたっていく。

「ああ、おいしい」

一気に三分の一ほど胃袋に収めた。

満足してため息をつく前畑を、カウンターの向こうからクスッと笑って早希が見た。先ほどの冗談と言い、けっこう開放的な性格で、やはり人なつっこいようである。

「観光って言いましたよね」

その早希が、前畑に話をふる。

「やっぱり、前畑さんもお寺や神社？」

Z市はこの地方の一宮《いちのみや》や、幾多の名刹《めいさつ》で名高い古都だ。早希がそう思うのも無理はない。

「ああ、いえ。私は本当に無信心な男で、そういうものはさっぱり。正直に言っちゃうと、支倉酒造さんとか――」

「ああ、酒蔵めぐり」

「そういうことです」

興味津々な様子で聞いてくる早希にうなずき、小松菜のおひたしやイカの塩辛をつまむ。

疲れた身体に料理の塩気が、これまた気持ちよく染みこんでいく。じわり。

心と身体にアルコールが染みはじめた。

つい、秋子のことを思いだす。

深海のような闇の中。獣になってすごい声をあげる清楚な人の残像が、いやらしいその声とともによみがえる。

前畑はあわてて咳払いをした。耽美《たんび》な記憶を脳裏からふり払う。ジョッキのビールをグイッとあおり、胃袋をじわじわと加熱させた。

「このごろ、そういうお客さんもけっこう増えてきたかも。ねえ、女将さん」

忙しそうに動きまわりながら、早希が絹枝に言った。

「そ、そうね」

絹枝は煮物の味をたしかめ、これでよしとでも言うように小さくうなずいていたが、早希の問いかけに、あわてた様子で返事をした。

「ほう、そうでしたか」

さもありなんと、前畑は思う。

酒蔵だけでなく、醤油《しょうゆ》蔵、味噌蔵を訪ね歩くのも前畑は好きだった。

レトロな趣と和風情緒を刺激されるそうした古風な場には、あわただしいばかりの日常から解放され、癒してもらえるものがある。

きっと多くの人々が、自分と似たようなものをそうした場所に求めているのではないだろうか。

「でもね……直美ちゃんに名刺をもらってここに来る人なんて、そうはいないですよ」

早希が言う。

「そうなんですか」

そう言えば、早希はさっきも「珍しい」と言っていた。そんなに特別扱いをしてもらったのかと思うと、不思議な気持ちになる。

「なんでですかね……今日はじめてお目にかかっただけなのに」

素朴な疑問を口にして、ビールに口をつけた。ジョッキに残ったビールを飲みきってしまおうとする。

「そんなの決まってるじゃない」

なにをばかなことをと言うように失笑し、早希が言った。

「直美ちゃんのタイプだったからでしょ、前畑さんが」

「ブー」

「きゃあ。だ、大丈夫ですか」

ちょうど、酒を飲みこんだタイミングだった。思わぬことを早希に言われ、前畑は思わずビールを噴きだす。

驚いたのは絹枝である。

仕事の手を止め、心配そうに前畑を見る。

「早希ちゃん、お水。早く」

「はいはい」

「す、すみません。ぐっ……」

げほげほと咳《せ》きこみ、前畑は口を押さえた。カウンターに背中を向け、身体を丸めてひたすら咳く。

「ごめんなさい、前畑さん。お水、お水」

早希がカウンターから飛びだしてきた。水の入った透明なグラスを手にしている。

「あ、ありがとう……げほっ……」

「ごめんごめん。もう、かわいくなっちゃう。ねえ、女将さん」

早希は前畑の背中をさすり、陽気な声をひびかせて女将に同意を求めた。

「て言うか……よく考えたら女将さん、前畑さんって」

「早希ちゃん」

なにか言おうとした早希を、うろたえた様子で絹枝が止めた。

まるでたしなめでもするようなその口調に、呟きこみながら前畑は違和感をおぼえる。

「すみません、早希さん。んっ……」

早希からグラスを受けとり、喉に水を流しこむ。介抱してもらったせいもあり、ようやく人心地ついた。

「いやだ、涙目だし、前畑さん。ウフフ」

早希はそう言って笑い、またも前畑の背をさする。

「あ、はあ。そりゃ涙目にもなりますって。んっ……」

前畑は冷たい水を嚥下し、かすれた声で早希に言った。

「ほんとにごめんね。ごめんごめん」

前畑をさすっていた早希は、軽く、ポンポンと背中をたたくと、彼からグラスを受けとった。

「フフ。いやだ、思いだしたら笑っちゃう」

男好きのする美貌をクシャクシャにして笑う。口もとに手を当て、カウンターの中に戻っていく。

「あ、あの……どうしますか、お客さん。お酒、変えますか」

やっとのことでカウンターに向きなおると、申し訳なさそうに絹枝が聞いた。

新しいおしぼりを、そっと前畑に差しだす。

「ああ……すみません。えっと……そ、そうですね。じゃあもう、いただいちゃおうかな」

前畑はおしぼりで顔をぬぐい、気分を切りかえるように言った。

早希を制した絹枝の行動に疑問はあったが、それを話題にできる雰囲気でもない。

そもそも自分は幻の酒が目当てでここに来たのである。ほかのことは気にする必要もないかと思いなおした。

「わかりました」

前畑の言葉を聞き、女将が色っぽくうなずいた。

「あっ、それと、女将さん」

そんな絹枝に前畑は言う。

「さっきから、その煮物のおいしそうな香りが気になってしまって。もう注文していいのなら、それもください。あと、アオリイカのお刺身も」

「ありがとうございます」

絹枝は硬い笑みを口もとに浮かべ、早希と目を見かわした。女将の意を汲《く》んだ早希がうなずき、動きだす。

酒の用意は早希にまかせ、女将は刺身の用意をしようとしているようだ。

(なんだかいいコンビだな、この二人)

熱いおしぼりで顔をぬぐいながら、前畑はあらためて、カウンターの向こうの美女たちを見た。

どこかに影を感じさせる寡黙で淑《しと》やかな女将と、陽気で明るく、エッチ系の話題にも堂々と対応できるオープンなお手伝い。

美しさのタイプもキャラクターも違ったが、互いにない部分を補いあい、微笑ましいコンビネーションで小料理屋「きぬえ」を盛りあげている。

（これも旅の醍醐味《だいごみ》か）

蔵元の老婆に教えてもらえなかったら、こんな展開にはならなかった。

ビールの酔いでしびれはじめた身体を心地よく弛緩させ、前畑は忙しそうに働く二人の美女をしばし見た。

「お待たせしました」

注文した品は、いちどきにカウンターに並べられた。

豚肉と根菜類がおいしそうな湯気を立てるアツアツの煮物と、アオリイカの筋目造り。

そして、夢にまで見た幻の酒「幽」が、ヒノキ素材らしき一合サイズの枡《ます》に並々と注がれて差しだされる。

「おおお……」

感無量の思いで、前畑は酒と料理を見た。つい女将に視線を転じると、絹枝はくすぐったそうな笑顔になった。

「いただきます」

つい合掌し、まずは枡に手を伸ばす。一滴たりともこぼすものかとばかりに、慎重のうえにも慎重に、そっと口を近づけて――。

こくり。

(ああ)

最初に感じたのは、さらっとした味わいだった。喉ごしもじつにあっさりとしている。

だがつづいてじわっと、フルーティな味覚が広がった。口の中いっぱいに芳《ほう》醇《じゅん》な甘みと旨みが広がっていく。

「旨いです」

二人の美女が、息を殺して見ていることに気づいた。前畑は、心からの感想を口にする。

美女たちが破顔した。ひかえめな絹枝までもが、微笑ましげにたおやかな笑顔を見せてくれる。

箸《はし》をとった。今度は煮物だ。

ニンジンとゴボウを箸につまんでぱくりとやる。

砂糖と醤油、みりんが絶妙な加減でブレンドされた、ほどよい甘みに、一気に唾液が分泌される。

「旨いです」

うっとりと目を閉じ、もう一度同じことを言うと、今度は美女たちから笑いが起きた。

前畑もつられて笑い、幸せな気持ちになる。

酒を口にし、煮物を、刺身を味わった。

美女たちと気楽に語らいながら、快い酔いに身をまかせた。

4

(旨いなあ、どっちの酒も。「九喜」も「幽」も、甲乙つけがたいかも)

たぶん今、自分は夢を見ているのだろうとわかっていた。

目のまえのカウンターには「幽」だけでなく「九喜」の注がれた枡までもが置かれている。

はっきり言って、あり得ない。貴重な幻の酒二種を、ひとつの店で簡単に味わえるわけがなかった。

(夢……あれ……夢って……俺、どうしたんだっけ……)

旨いなあ、旨いなあと、二つの枡を交互に傾ける自分を見ながら、霧が晴れていくような気分になる。

なんだかとてもムズムズとした。強い尿意を感じている。

(そうか、トイレ……トイレ、行かなきゃ……)

霧こそ晴れてはきていたが、頭の中は依然ぼうっとしていた。

小料理屋「きぬえ」での記憶は、途中からかなり断片的だ。日が沈むとともに、あちらから、こちらから、客が集まってきた。酔いにまかせてそんな彼らと、日本酒談義に花を咲かせたおぼえがある。

だが——。

（どこだ、ここ）

そこから先の記憶は、曖昧模糊《あいまいもこ》としていた。

どうやら自分はどこかにあお向けになっているようだ。闇の奥に、見たこともない天井がある。

ひょっとして、投宿するホテルに帰ってきたのだろうか。

（えっ……）

「んっんっ……アァン、んっ……」

……ピチャピチャ、ぢゅ。

意識がはっきりしてくるとともに、もうひとつ明確になりはじめたことがある。股間がムズムズとした。しかもこのムズムズは、尿意などではないのではあるまいか。

しかももう一人、闇の中に誰かがいる。

（えっ……ええっ？）

いったいなんだと思いながら、前畑は上体を起こした。あたりは深い闇なのに、思いのほかはっきりと、ことの子細が判明する。

「さ、早希さん」

「あっ、起きたのね。こんなことをされたら、そりゃ起きちゃうかしら。ンフフ」

……ピチャピチャ、ぢゅちゅ。

「うわあ……ちょ、ちょっと……なにをしているんですか!?」

前畑は仰天した。

自分が目にした光景が信じられない。

いつの間にか全裸にされていた。そんな前畑の股間にうずくまり、小料理屋の手伝い妻、早希がペニスを舐めている。

そのうえ早希も、すでに下着姿のようだ。

「早希さん」

「なにって……言わなくたってわかるでしょ。て言うか、前畑さん、かわいい顔して、ここはこんなに大きかったのね。んっ……」

「ああ、ちょ……あああ……」

ヌルヌルとザラザラが一緒になった感触は、まさに舌ならではだった。

くねる舌先が飴《あめ》でも舐めるかのように、さかんに亀頭をねろねろと舐め、上へ下へと棹《さお》を這《は》う。

「ちょっと、やめて、くだ……あああ……」

やめさせなければと思いはするものの、したたか飲みすぎてしまっていた。目ざめたばかりの身体は思うにまかせず、なんだかんだと言いながら、早希のフェラチオが快い。

甘酸っぱい快美感に腑抜けになり、前畑は背中からベッドに落ちた。

「こ、ここ、どこですか」

聞きたいことはいっぱいあった。最初に問うべき質問は、もしかしたらこんなことではないかもしれない。

だがどうも、チェックインをしたホテルの部屋ではなさそうだ。内装もゴテゴテとしていたし、ベッドだって段違いに大きい。

「ラブホテル。ちょっと遠くまで、車で来ちゃった。んっんっ……」

「ラ、ラブホテル……あああ……」

やはりそうかと思いながら、前畑はとろけるような気持ちよさにとらわれた。

どうやら肉棒は、すでに完全に勃っているようだ。知らない間に感度を全開にし、早希の舌責めに反応している。

甘いしびれをひらめかせた。ネチネチと舐められるそのたびに、肥大と弛緩をくり返す。

「んっ、んっ……ほんとに大きい……十五センチぐらいあるでしょ。アン、いやらしい。んっ……」

「わあ……」

ついに早希は亀頭を口中に頬ばった。頭をあげてみれば、小さな口いっぱいに、どす黒い男根を丸呑みして目を白黒させている。

たしかに彼女の言うとおり前畑は、じつは巨根だった。彼女の見たてのとおり、十六センチ程度はある。

そのくせただ長いだけでなく、胴まわりも太い。

その見た目は、掘りだしたばかりのサツマイモのよう。ゴツゴツと無骨なまでの野性味と土臭さを感じさせる。

俺ってここだけワイルドなんだよなと、いったい何度自虐的な気持ちになって、ため息まじりに見たことだろう。

「アァン、興奮しちゃう……んっんっ……」

「ちょ、ちょっと、早希さん……どうして、こんなことに……い、家に、帰らなくていいの？　おおお……」

早希は卑猥な啄木鳥《きつつき》になってシコートの髪をふり乱した。

狭隘な口腔粘膜《こうくうねんまく》が、キュッと極太を締めつけながら前へうしろへと往復する。

それだけでも、怒張に感じる快さは腰くだけもの。

かてて加えてヌメヌメの舌が、不意打ちのようにあちらからこちらから、うずく鈴口を擦って舐める。

「あああ……」

「んっんっ……家に帰ったって……どうせ誰もいないもの……」

「えっ」

すねたような口調で、早希は言った。

たしか店での話では、夫との二人暮らしということだった。

仲なんていいわけないじゃないと冗談めかして言っていたが、それでは、あれは謙遜などではなく、事実そのまま。寂しさを押し殺し、明るくふるまっていたのだろうか。

「んっ……直美ちゃん……私にプレゼントしてくれるつもりで、前畑さんを店によこしたのかな……んっ……ううん、違うわよね、どう考えても……」

「は、はあ？　ああ……」

なにやらブツブツとつぶやきながら、早希はいやらしく首をしゃくった。亀頭を襲う舌の責めも、さらに頻度とねちっこさを増し、ねっとり、べったりと鈴口にまつわりついては締めつける。

「くぅ……」

たまらず尿口から先走り汁が、ドロッと漏れたのがわかった。

そんなカウパーも、早希はピチャピチャと舐め、鈴口の肌にすりこんでたっぷりの唾液でコーティングしていく。

「うう、早希さん……」

「ンフフ、気持ちいいでしょ。わかってるんだから」

——ちゅぽん。

「ああ……」

早希は音を立て、口から男根を離した。

唾液まみれになったどす黒い棹を握り、緩急をつけてしこしこと、上へ下へとしごきたてる。

「うう……」

なんでもないような淫戯だが、そのテクニックはけっこうなものだ。

ただ単調にしごくだけでなく、指の輪を大きくして肉傘を擦った。親指の腹をカリ首に当て、ソフトに、強めに、なぞる責めもくりだしてくる。

「あああ……」

「でも、いいの。今夜は私がもらっちゃうんだから。女将さんもなにも言わなかったし……これも、役得ってことで」

「はあ?」

早希は自らに言い聞かせるようにつぶやき、小首をかしげて前畑を見た。

「前畑さん、パイズリは好き?」

「えっ」

「愚問よね。ねえ、見て見て」

目を細め、色っぽい笑みを浮かべてしなを作る。

小料理屋でもさまざまな表情を見せてくれたが、はっきり言ってまだこんな表情も隠し持っていたのである。

「ほら……」

早希は両手を背中にまわした。

大きなブラカップを持つブラジャーは、セクシーなレースのついた黒い色。

そんなブラジャーのホックがプチッとはずされる。

——ブルルンッ！

「ああ、早希さん……」

そのとたん、ようやく楽になったとばかりに、二つのおっぱいが漆黒のカップをはじき飛ばした。

たゆんたゆんと重たげに揺れながら、小玉スイカ顔負けの見事な乳が熱っぽい闇の中で露になる。

「おお……」

前畑はつい、たわわな肉果実に視線を釘づけにしてしまう。

酔うほどに店でもチラチラと盗み見た、圧巻とも言える見事な巨乳。こっそりと目測したとおり、やはりGカップ、九十五センチは余裕である。

早希は秋子や絹枝ほど、色が白いわけではなかった。

だがこの人妻の場合は、そんな肌の色も、はちきれんばかりの健康美をいっそうあざやかに印象づけている。

5

「ンフッ」

両手で豊満なおっぱいをせりあげた。悩ましげに身をよじり、誘うように揉んでみせる。

先端をいろどる乳輪は、やや大きめでいやらしかった。真ん中に屹立《きつりつ》する乳首も大ぶりで、いやらしい乳輪には気泡のような粒が浮かんでいる。

「おっきいでしょ。ねえ、ち×ちん、挟んでほしくない？」

「な、なな、なにを——」

「ほしいわよね。挟んでほしくない男なんていないもの。断言しちゃう」

「あっ……」

……ふにゅう。

「うおお……」

早希は口角をつりあげ、淫靡に微笑んだ。右と左からGカップおっぱいで、うずく男根を挟みこむ。

密着した乳房はとろけるようにやわらかかった。そのうえ、不意をつかれるぬくみと汗の湿りにも満ちていて、なんとも生々しい。

「早希さ——」

「お魚みたい。ピクピクいってるわよ、前畑さん。んっ……」

「わああ」

虚勢を張る前畑をあざ笑うかのようだった。艶やかな含み笑いを浮かべ、早希はいよいよパイズリをはじめる。

重たげで、ゼリーを思わせる乳塊がリズミカルに上下に躍った。二つのおっぱいが擦りたてるのは、間に挟んだ男根だ。

傘の部分を重点的に、しつこいほどにえぐってくる。

「くぅ、早希さん」

「我慢しなくていいのよ、前畑さん。ねえ、私、魅力ない？」

豊満な乳房で怒張をしごきつつ、おもねる口調で早希は言った。細めて見つめる双眸《そうぼう》は、妖《あや》しいぬめりをいっそう強いものにする。

「さ、早希さん…」

「お店に来る男のお客さん、半分は女将さん目当てだけど、半分ぐらいは私目当てよ。私も女将さんも、相手になんかしないけど。ウフフ……あン、すごい。ち×ちん、こんなにピクピクいって。んっ……」

……ピチャ。

「わああぁ」

あまりにおっぱいが大きいため、男根は肉に埋《うず》まって見えなくなっていた。ダイナミックな上下動で、ときおり、にゅるん、にゅるにゅると、暗紫色の亀頭が乳から飛びだしてくる。

次に早希が責めたてたのは、姿を現すその鈴口だ。

ローズピンクの舌を突きだし、絞りだされる亀頭めがけて、ねろん、ねろんと擦りつける。

（き、気持ちいい）

とろけている場合ではないことは、言われなくてもわかっていた。

そもそもこの女性は人の妻。いくら早希がよいと言っても、気楽にこんなことをしてもらっていい女性ではない。

だが、そう思いはするものの、パイズリと亀頭舐めのW攻撃は、前畑を恍惚《こうこつ》とさせた。

理性を総動員して歯を食いしばろうとしても、身体も心も、甘くとろんととろけていく。

ただ一カ所、ますますビンビンにおっ勃ってしまう股間の一物をのぞいて。

「ンフッ、気持ちいいんでしょ……ち×ちん、こんなにピクピクして」

「うおお、早希さん、あああ……」

……ドロン。

「まあ、また先走り汁……こんなにいっぱい出しちゃって。ほら」

尿口にあふれたカウパーに、早希はますますしてやったりという顔つきになる。亀頭の先に、ンチュッと口づけた。そして、ストローでハチミツでもするようにして――。

「んっ……」

……ちゅるちゅる。ちゅる。ちゅる。

「ああぁ、早希さん、そんなことしたら……」

「よけい感じちゃう？　感じちゃえばいいじゃない。んっんっ……」

……ちゅるちゅる。ちゅぢゅっ。

「うわあああ」

（こいつはたまらん！）

尿口を吸引されるたび、甘いしびれが亀頭を、尿道をうずかせた。

おぼえる悦びは、尿意の軽く百倍はある。

陰嚢《いんのう》の中で睾丸《こうがん》が跳ねおどった。肉棒はますます硬くなり、亀頭もぶわりといっそうふくらむ。

「おおお、早希さん……」

「男の人って、おっぱい好きね。ほら、吸ってみる?」

闇の中にひびく人妻の声もまた、いちだんとねっとりとしてきていた。

早希は怒張から乳を放す。

四つんばいになった。

前畑の身体を上昇し、フリーズする彼の顔の上で、豊満な肉果実を二つ仲よくブラブラとさせる。

「うお、うおお……」

それは、なんと蠱惑《こわく》的な眺めなのだろう。

重量感たっぷりの小玉スイカが、重たげにいやらしく房を揺らした。先っぽの卑猥なとがり芽は、つんとこちらを向いている。

間近で見ると、やはり乳輪の大きさはそうとうに猥褻《わいせつ》だ。こんなおっぱいを差しだされ、おかしくならなかったら男ではない。

「おおお、早希さん!」

「ハァアアン」

矢も楯もたまらず、片房の頂にむしゃぶりついた。もう片方のおっぱいは、片手で荒々しく鷲づかみにする。

ほどよくこなれたやわらかなふくらみは、やはりとろけるかのようだった。

ぐにゅり、ぐにゅりとねちっこい手つきで揉みしだきつつ、むしゃぶりついた乳首を、音を立てて吸い、舐める。

……ちゅうちゅう。ちゅぱ。

「あっあっ……あっあっあっ。ハァアン、前畑さん……いいわ、吸って。もっと、吸って……あっあっあっ、ンッハアァァ……」

「はぁはぁ……早希さん、もうだめだ……こんなことされたら、もう我慢できないよ……んっんっ……」

……ちゅぱちゅぱ、ちゅうちゅう。

「アハアァ、いいのよ……あっあっ、言ったでしょ、感じちゃえばいいんだって……あっあっ、アン、私も感じちゃう……」

「早希さん、んっんっ……ああ、おっぱい、本当にいやらしい！」

「アアァアン、ね、ねえ……あっあっ……二人で……ハァアン、いやらしいことしちゃいましょ……いやらしくって、気持ちいいこ——」

「おお、早希さん!」

「あああああ」

ついに内なる野性が暴発した。衝きあげられる気持ちになり、前畑ははじかれたように身を起こす。人妻を抱きとめつつ、攻守ところを変えるかのように、半裸の美妻を押したおした。

「あぁン、いや、やめてぇぇ……」

(はあ?)

それは、どう考えても演技だったろう。

なにを今さらと思ったが、早希はいやいやとかぶりをふり、身体をよじって四つんばいになる。

「許して。お願い、許してぇ」

言いながら、前畑の下から抜けだそうとした。

前畑は得心する——なるほど。どうやら無理やりされるという状況に興奮する女性のようだ。

（やってやる）

ならば望むシチュエーションプレイで、こちらも盛りあがってやるとしよう。

もはや後戻りすることは困難だ。それなら早希をとことん燃えあがらせ、熱いひとときを共有したい。

6

「許さない。許すもんか」

ハイハイをして逃げようとする人妻の、大きなヒップに両手を伸ばした。

レースの縁取りもあでやかな、漆黒のパンティが肉厚の臀丘《でんきゅう》に食いこんでいる。

プリプリとふりたくられる肉の白桃は、男の情欲をそそりたてる圧巻のエロスを放っていた。

「ああン、いやあぁ……」

パンティの縁に指をかけ、問答無用とばかりにずり下ろした。

引きちぎらんばかりの荒々しさで脱がされた下着から、旨そうな尻が丸だしになる。

プルンとふるえる尻は、たっぷりの甘蜜を感じさせた。前畑は舌なめずりをしそうになる。

「脱がさないで。やめて、前畑さん。ハアァアン……」

「はぁはぁ……そんなこと言ったってもう遅いよ、早希さん。いやらしい人妻だ。そらっ……」

……ズルッ、ズルズルズルッ。

「あぁン、脱がされちゃう……人妻なのに……夫がいるのに、パンツ脱がされちゃうンン……あああ……」

悪いのは全部前畑だと訴えるような哀れさをアピールし、早希はベッドに突っ伏した。

前畑は、そんな早希のムチムチした脚からパンティを脱がせて床に放る。

「あああ……」

ひどいわひどいわとなじるかのような早希を、ふたたび四つんばいにさせた。

人妻は世をはかなむようなあえぎをこぼし、いや、いやあ、と言いながら、そのくせされるがままになる。

「おお、早希さん……」

いささか演技過剰な気もしたが、これはこれでよしとしよう。

前畑は早希を獣の体位にさせ、眼前にヒップを突きださせた。迫力たっぷりにアップで迫る眼福ものの光景に、たまらずごくっと唾を飲む。

巨人の国の果樹園から落ちてきたような旨そうな尻は、まさに大きな桃さながら。二つの丸みがつながる底では、鳶色《とびいろ》のアヌスがせつなさいっぱいにひくついている。

しかも――。

「うう、いやらしい。早希さん、パイパンじゃない」

蟻《あり》の門渡《とわた》り越しに見た恥部の眺めに、思わず股間のペニスがひくついた。

肉厚のラビアがめくれ返り、サーモンピンクの膣粘膜を蓮《はす》の花のように開花させている。

ワレメの中はすでにたっぷりと潤っていた。

前畑が見つめる間にも、涎のように愛蜜を裂け目の縁から糸を引いてしたたらせる。

臆面《おくめん》もなく欲情した持ちものは、まぎれもなく大人の女のそれだった。それなのに、恥丘をいろどる陰毛は一本もなく、つるつるのままである。

（いや、違う）

思わず首を伸ばし、陰毛一本生えていないヴィーナスの丘を凝視した。

前畑はようやく気づく。

剃《そ》っているのだ。人工的なパイパンなのだ。

よくよく見れば秘丘には、ブツブツといやらしく、新たな黒い毛が頭をのぞかせている。

「剃ってるんだね、早希さん。はぁはぁ……ああ、いやらしい。んっ……」

「あああああ」

健康的な太腿を二本とも抱きかかえ、今度は女陰にふるいついた。

不意打ち同然の強引なクンニリングス。早希は思わず我を忘れ、とり乱した淫声をはじけさせる。

「早希さん、んっんっ……」

……ピチャピチャ。ねろん。ねろん。

「うあっ。うあああ。アァン、やめて、前畑さん、私は人妻……あン、こんなことしちゃいけないの……全部冗談だったの。ああああ」

（嘘つけ）

今さらとしか言いようのない早希の演技に、笑いがこぼれそうになった。

だが、いやがる人妻を無理やり犯そうとするシチュエーションは、思っていた以上に刺激的だ。

犯される早希も興奮しているようだが、前畑もまた、想像もしなかった昂りに、つい鼻息が荒くなる。

「おお。早希さん、そのわりにはオマ×コ、すごく濡れてるじゃない。ほら、わかる。んっんっ……」

……ピチャ。ピチャピチャ。

「あぁン、違うわ。違うンン。濡れてない……あっあっ、私、濡れてなんか」

「それにこの、生えかけのマン毛」

「うあああ」

猫がミルクを舐めるような音を立て、ぬめる秘割れを舌でこじった。

早希がいやがる演技をしても、淫らな本音は隠しきれない。

舌でこじればこじるほど、ひくつく穴からはとろとろと新たな愛液が漏れだしてくる。

「アアン、いや、それやめて。舐めないで。舐めちゃだめ。あっあっあっ」

「マン毛生えかけ。マン毛ザラザラ」

「あああああ」

ピチャピチャと、なおも肉割れを舌で責めながら、片手の指を秘丘に伸ばした。つるんとした肉上手には、たしかに生えかけの陰毛がある。ジューシーにふくらむヴィーナスの丘に、黒い毛先がいくつもいやらしく頭を出している。

まさに生身ならではだった。

そんな恥丘の状態にも息づまるほどの興奮をおぼえ、前畑は指の腹で、淫丘のザラザラをからかうように擦る。

「ああ、だめ、いやン、恥ずかしい……そんなとこ、擦らないで……」

「マン毛生えかけ」

……スリスリ、スリッ。

「うあああ。どうしよう、どうしよう。ああああああ」

「マン毛ザラザラ」

……スリスリスリ、スリスリッ。

「うあああ。恥ずかしい、恥ずかしい。ああああああ」

「毎日剃ってるの？」

本気で恥じらう早希に、さらなる辱めを与えたくなった。前畑が漏らす歓喜の言葉は、それ自体が鋭利な刃物と化す。

「あぁん、聞かないで。あっあっ。ああああ」

「カミソリで、自分で剃ってるの。どうやって。ガニ股になって剃ってるの？　誰にも見られていないのをいいことに……はぁはぁ……早希さん、きれいな人なのに、ガニ股になってマ×コの毛をジョリジョリしてるの？」

「あああ。いやらしい、いやらしい。困るンン。ああああ」

「おおお、早希さん」

「アアァァン」

もはや前戯もここまでだ。放置されたペニスがジンジンと、早く俺をなんとかしろと吠《ほ》えるかのようにうずいている。

前畑は、尻を突きあげる早希の背後で態勢をととのえた。膝立ちになって陣どり、反り返る肉棒をその手にとる。さらに早希ににじりより、剛棒の角度を無理やり変えた。

そして、ふくらんだ亀頭をワレメにあてがい——。

「さ、早希さん」

——ヌプッ。ヌプヌプヌプッ。

「うあああ」

一気呵成《いっきかせい》に最奥部へと、猛《たけ》る男根を挿入する。

「あああ……」

「うわわっ」

奥までつらぬかれた早希は、ひとたまりもなかった。

この日いちばんの淫声をほとばしらせると、ダイブでもするようにベッドに突っ伏す。

性器でつながった前畑も、早希の背中にかさなった。肉感的な女体は先ほどまでより、さらに汗ばんで湿っている。

(オマ×コも、メチャメチャ濡れてる)

裸身よりいっそう正直だったのは、男根を受けいれた女陰である。

豊潤な愛蜜を惜しげもなく分泌させ、おもねるように蠕動しては、前畑の極太を締めつける。

「くうぅ……さ、さあ、ガンガン犯してやるよ、早希さん」

前畑はそう告げた。

もう一度、早希を獣の格好にさせる。両足を踏んばり、汗に濡れるくびれた腰をつかんで——。

「ほんとは、こんなふうにされたかったんでしょ」

揶揄《やゆ》する口調で言いながら、いよいよ腰をしゃくりはじめた。

……ぐぢゅる。ぬぢゅる。

「ああああああ」

「うおお……」

すべてがどうでもよくなるような、桃色の快感が亀頭からひらめく。前畑は天をあおぎ、きつく目を閉じ、奥歯を嚙んだ。

（最高だ）

「ああぁ。いやン、いやン。やめて。犯さないで。私は人妻なの。夫がいるの。夫が、あああああ」

「じゃあ、やめる？」

せつながる早希に、前畑はしれっと聞く。

「やめないで。やめちゃいやぁ」

ほら見たことかと、つい苦笑した。さらに激甚にペニスからこみあげるのは、甘酸っぱさいっぱいの快美感だ。

卑猥な潤みにこそ富んでいたが、早希の胎路は意外なまでに狭隘だった。

そのくせ絶え間なく蠢動し、甘えるように、誘うように、亀頭と棹を締めつけてくる。

「うおお……」

「ああああぁ」

（気持ちいい）

前畑はうっとりと、獣の快楽に酔いしれた。亀頭と膣ヒダが窮屈に擦れあうたび、まばゆいひらめきがピンクの火の粉をあげる。腰の抜けそうな快感に、脳髄が、身体が、どろりととろけて揮発しそうになる。

「ああ、だめ。やめて。やめないで。やめて。やめてえええ」

どっちなんだよと突っこみたくなった。

前畑はニヤリと笑って早希に言う。

「スケベな奥さんだ。俺にこんなことされるの、困るんでしょ」

「困る。ホントに困るの。ああ、やめて。誰か、誰かあああ」

「じゃあ、こんなことされるのは？」

揶揄するトーンで聞いた。前畑は片手をあげ、肉厚のヒップめがけて勢いよくふり下ろす。

――パッシィン。

「きゃあああ」

性器の擦りあいをつづけながらの、突然の尻たたき。

早希は悦びの吠え声をあげる。背すじをそらし、天に向かってあごを突きあげ、かすれぎみのあえぎ声を恥も外聞もなくほとばしらせる。

「ああ、やめて。やめてええ」

「困る？　こういうことされるの、困る？　んん？」

——ピッシィイン！

「うあああ。困る。私は夫のものなの。ひどいことしないで。人の女に——」

「そうなの？　本心なの？　んん？」

——バシッ。ピシャリ！

「ああああ」

プリプリとしたヒップを張る手には、嗜虐的な力がどうしても増した。ゆで卵のようにつるっとしていた人妻の尻に、みるみる赤いあざが広がる。

「い、いや。こんなのいや。ぶたないでえ。あああああ」

前畑の責めをなじりながらも、間違いなく早希は興奮していた。

マゾヒスティックな激情に、さらにどっぷりと身をゆだねる。

意識的にか無意識にか「もっともっと」とでも言うように、さらに前畑に豊《ほう》艶《えん》な臀丘をグイッと突きだす。

「いやなんだよね。困るんだよね、こういうことされるの」

――ピシャリ。パァアン！

「ああああ。あああああ」

早希は布団に顔を埋め、とり乱した咆哮《ほうこう》をひびかせた。

その声に、低音のひびきがズシリと加わる。

今まさに、彼女がつくろうすべもない、本気の情欲におぼれていることを雄弁に物語る。

「言いなさい。これ、困る？」

――パァアン！

「うあああ。困る、困るンンン」

「じゃあ、やめよう」

「やめないでぇえ。もっとたたいて。もっといっぱいピシャピシャしてぇえ」

からかって行為を中断しようとする前畑に、追いすがるかのように早希はねだった。

ふり向いたその目には涙がにじんでいた。形のいい鼻の穴をさかんにひくつかせ、肉厚の朱唇をふるわせる。

「困るんでしょ」

「困るけど、やめないで」

「ちょっと、なに言ってるかわからない」

「お願い、お願いイイン」

早希はもう駄々っ子だ。

そんな涙目の人妻が、前畑はかわいくてたまらない。

そう聞いた。早希はムチムチした身を揺さぶり——。

「人妻なんでしょ」

「人妻だけど、お尻たたいて。ねえ、たたいて」

我を忘れた悲鳴ぎみの声で所望する。

「さ、早希さん……」

「ひどいことして。いじめて、いじめて。お願いだから、忘れさせて。つらいこと全部、忘れさせてええ」

「……っ、早希さん！」

――パッシィィン！

「あああああ。困るけど、気持ちいい。こんなのだめなのに気持ちいいンン」

――パァアン！

「おおおおお。どうしてこんなに気持ちいいの。だめだから？　してはいけないことだから？　じゃあああの人は、毎晩毎晩、こんな気持ちいいことをほかの女としているの？」

「うう……」

涙のしずくどころか唾液まで飛びちらしながら、早希は快感とせつなさの双方を訴えた。

していく行為は滑稽で猥褻なのに、思わずほとばしりでた人妻の真情には、胸をしめつけられるものがある。

前畑は複雑な気分になった。

尻をたたくのではなく、抱きしめてやりたい。だが、早希が望んでいるのは邪悪な男のはずだった。

「さ、早希さんもすればいいじゃない。してはいけないから気持ちいいこと、今夜は俺とすればいいじゃない！」

──パァァァアン！

「うあああ。気持ちいいよう。気持ちいいよう。あーん」

泣きながら、いやらしい美妻は快感におぼれる。悲鳴のような嗚咽《おえつ》とともに、媚肉が締まって猛る怒張を絞りこむ。

「おおお。マ×コがメチャメチャ締まる」

股のつけ根から全身に、粟粒《あわつぶ》のような鳥肌が広がった。

口の中いっぱいに唾液が湧《わ》く。前畑は片手をふりあげて──。

──バッシイイン！

「おおお。おおおおお。ごめんなさい、ごめんなさい。気持ちいいよおおう」

「くぅう、も、もうだめだ！」

望むのなら、もっとたたいてやりたかった。

だが、身も世もなく狂い泣く人妻の痴態に、もはやこちらも限界だ。休むことなく亀頭を絞める膣の快さにも、白旗を揚げるしかなかった。

「早希さん、早希さん」

——パンパンパン。パンパンパンパンパン！

「うおおお。おおおおおっ」

いよいよ前畑のピストンは、ラストスパートに入った。くびれた腰を両手でつかみ、怒濤の勢いで腰をふる。

肉傘とヒダヒダが強烈に戯れあった。ピンクの火花がまたたいては、脳天に向かって快美感が突きぬける。

「おおお、気持ちいい。とろけちゃうンン。こんなの久しぶりなの。久しぶりイイン。おおおおお」

うしろからガツガツと容赦なく突かれ、早希は気が違ったような声をあげた。ショートの髪をふり乱し、爪でシーツをかきむしる。

気が違ったように蠢くのは、怒張を食いしめた胎肉も同様だ。

射精をせがむかのように、くり返ししつこく波打っては、うずく極太を揉みほぐす。

（ああ、もうイク！）

遠くから耳鳴りがした。耳ざわりなノイズめいた音が、潮騒《しおさい》のような音に変わって高まってくる。

……グチョグチョ！　グチョグチョグチョ！

「おおお。おおおおっ」

肉スリコギが品のない汁音を立て、とろけた蜜湿地をかきまわした。亀頭が奥へと埋まるたび――。

「おおお。奥いいよう。奥いいンン。奥奥奥っ。おおおおお」

演技をする余裕もなく、早希は生殖の悦びに恥も外聞もなくよがり泣く。

双子の乳果実をブルンブルンと重たげに揺らし、あちらへこちらへと勃起乳首をふりたくる。

「とどく。とどく。奥までとどく。ち×ぽおっきいの。おっきい、おっきい。おおおおお」

とうとう「ち×ちん」ではなく「ち×ぽ」になった。

揺れおどる乳の丸みを汗のしずくが伝い流れる。

しこる乳首にねっとりとまつわりつき、はじかれたように糸を引いて飛びちっていく。

「くぅ、早希さん……」

ひと抜きごと、ひと差しごとに射精衝動が膨張した。

ググッと奥歯を噛みしめれば、絞りだされるかのごとく、こめかみからぶわっと汗の玉が噴きだしてくる。

(……イクッ！)

「おおお。気持ちいい。もうだめ。イッちゃうイッちゃう。おおおお」

「ああ、早希さん、出る……」

「おおおお。おおおおおおっ！」

——どぴゅどぴゅどぴゅ！　どぴぴぴぴっ！

ついに絶頂の雷が、脳天から前畑をたたき割った。

白い光が音もなくひらめく。視界はおろか、頭の中まで真っ白になった。

聴覚までをも失って、前畑はロケット花火のようになる。

(気持ちいい……)

天空高くどこまでも突きぬけていくかのようだった。なにもかもから解放され、セックスだけが可能にするこの世の天国にみちびかれる。

ドクン、ドクンと陰茎が、くぐもった音を立てて脈動した。

そのたび大量のザーメンが、人妻の膣奥深くに、ビチャッ、ビチャッとたたきつけられる。

「あぁん。す、すごい……ハァァァ……」

「……あっ、早希さん……」

射精の悦びに酩酊《めいてい》する前畑を現実に引き戻したのは、艶めかしい声だった。

見れば早希もまた、官能の高みで女の幸せをむさぼっている。

汗をにじませたもっちり裸身が、ビクン、ビクンと痙攣した。弓のようにしなったしなやかな背すじを、汗のしずくが流れている。

「ああ……」

精も根も尽き果てたかのようだった。

早希はやがて、力なく布団に倒れこむ。

……ちゅぽん。

「おお……」

窮屈に擦れあいながら、美妻の膣から男根が抜けた。

前畑のペニスは、まだなお雄々しく勃ったままだ。ししおどしのようにしながら、虚空に露をふり飛ばす。

「さ、早希さん……」

「はぁはぁ……すごかった……こんなの、ほんとに、久しぶり……はぁはぁはぁ……」

まだなお裸身をふるわせて、早希は満足そうに瞼を閉じた。新鮮な空気をむさぼり吸い、満足げな様子で口もとをゆるめる。

そんな全裸の人妻を、前畑は息をととのえて見下ろした。

ようやく彼の一物は、少しずつ下へとしおれはじめた。

第三章　濡れる未亡人

1

（結局、来てしまった……）

雨の降る、蒸し暑い夜ふけだった。

傘をたたく雨音を聞くともなく聞きながら、明かりのついたその店を、前畑は引き戸越しに見る。

小料理屋きぬえ。昨日につづいての来訪となった。

訪ねるべきか、訪ねまいかとさんざん迷ったが、結局彼はこうやって、ふたたび店の前に立っている。

「いらっしゃ……あっ……」

カラカラと音を立てて引き戸をすべらせると、鈴を転がすような声が出迎えた。だが、姿を現したのが前畑だとわかると、カウンターの向こうで今夜も女将――絹枝はぎくしゃくとうろたえる。

「ま、まだいいですか」

前畑は、つい気づかわしげな口調になった。

あともう少しで店じまいの時刻。すでに店内に客はなく、絹枝も片づけをはじめていたらしきフシもある。

「え、ええ、もちろん、どうぞ」

絹枝は目を泳がせながらも、なんでもないふりをして前畑を招きいれた。前畑はそんな女将に会釈をし、たたんだ傘を傘たてに入れる。

「あの……」

「……えっ？」

「い、いえ……その……雨……まだひどいですか」

おしぼりや水の用意をしながら、硬い声で絹枝が聞いた。少し迷ったが、前畑は絹枝の立つ向かいの椅子に腰を下ろす。

「そうですね。今夜は、もう少し降るんじゃないかな」

「そう、ですか……」

「…………」

「…………」

お互い必死になって、言葉をやりとりした。

ちらっと絹枝を見る。女将もまた、恥ずかしそうにこちらに目を向け、はじかれたように視線をそらす。

ひと晩しか経《た》っていないのだから当然と言えば当然だが、今夜も絹枝は、艶やかな魅力を放っていた。

栗色の髪をアップにまとめ、今夜もうなじを出している。

白く細い首すじにおくれ毛がもやつき、ふるいつきたくなるようなエロスをかもしだしていた。

困ったように、はにかんだように、黙々と働くその様も、昨夜と同様である。

ぽってりと肉厚な唇と、吊目《つりめ》がちの瞳がセクシーな物言わぬ美女。

品のいい着物と割烹着に包まれた女体は、スレンダーながらも妖しい魅力に満ちている。

(やっぱり、来ないほうがよかったかな)

ぎこちなく応対する美人女将を盗み見ながら、前畑は自分のおろかしさ——いや、好色さにいたたまれない気持ちになった。

彼がこうして、ふたたびここを訪ねた理由は決まっていた。

今夜の目当ては酒ではない。小料理屋の女将、絹枝こそが今夜の妖艶《ようえん》な主菜である。

——女将さんには話しておいたから。ねえ、前畑さん、約束よ？　ちゃんと来てやってね。

早希から電話がかかってきたのは夕刻のことだった。棚からぼた餅《もち》としか言いようのない展開に、前畑は本気で頰をつねりたくなった。

——似ているのよ、前畑さんって、病気で亡くなった女将さんのご主人、公《こう》次《じ》さんに。

思いがけないことを早希から聞いたのは、昨晩の熱い情事のあとだった。

結局早希とはラブホテルにいる数時間の間に、三度も熱っぽくちぎりをかわした。

自分が女将の亡夫とよく似た雰囲気を持っていると知ったのは、情事のあとのピロートークの場でのことだ。

——そのことに、たぶん直美ちゃん……蔵元のおばあちゃんも気がついたんだと思う。だから、前畑さんをお店によこしたんじゃないかしら。

早希は前畑にうっとりと身をよせ、そう言ったのだった。女将のぎこちない対応の数々を思いだし、そういうことかと前畑は得心した。

亡夫は腕のいい料理人だったという。

ある老舗旅館の板前と仲居として出逢った二人はたちまち恋に落ち、一緒になった。

そして絹枝は夫と店を出し、そこはあっという間に、地元の名店のひとつとうたわれるまでになった。

絹枝が支倉酒造の老蔵元や早希と知りあったのは、その頃のことだったようである。

ところが、好事魔多し。

絹枝より三歳年下だったという料理人の夫は不治の病をわずらい、あっけなくこの世を去った。

それが、今から三年前。

絹枝と公次が所帯を持ってから七年目の夏のことだったという。それ以来、絹枝はずっと喪に服して生きているような暮らしぶりになった。

彼女ほどのいい女だ。言いよってくる男は引きも切らなかった。

だが絹枝はかたくなにそれらの申し出をことわり、心の喪服に袖をとおしたまま日陰だけを歩いているような人生になった。

夫と店を出していた町とは違うところに、ひっそりと小料理屋を出した。

夫じこみの旨い料理は評判を呼び、絹枝がはじめたこの店は、これまた知る人ぞ知る名店になった。

——今でも忘れられないんだと思う。もう一度会いたいとか言うのよね、女将さん。でもそんなこと言われても、こっちだってどうしていいのかわからないじゃない。

早希はそう言って、もらい泣きするように目を潤ませた。

そんな彼女が頼みこんできたのが、もう一度絹枝に会いにいってやってほしいということだった。

自分は適当な理由をつけて店を早引けするので、忙しさが一段落する遅めの時間に、絹枝を訪ねてほしいというのである。

なんのためにと前畑は聞いた。

すると、早希はこう言ったのだ。

——夢を見させてやってよ、ひと晩だけでも。あんなに「会いたい、会いたい」と言っていた女将さんに、ひと晩だけ公次さんの代わりを務めてやって。前畑さんだって、ちょっとした役得になるかもしれないし。

役得……。

なるほど、言いたいことはわかった。だが、そんなにうまくいく話ではないだろうと前畑は思った。

いくら自分が亡夫と似ていたとしても、亡夫そのものになれるわけではない。そもそも似ていたとしても、それは顔や雰囲気だけで、能力や性格はまったく違うだろう。

とうてい「代わり」など務められるはずもない。務めと言ったって、なにをどうすればよいのだ。

女将さんが、俺なんかでいいと言うのならね——前畑はそう返事をして、早希と別れた。

あの真面目そうな女将のことだ。冗談ではないと一笑に付すのが関の山だと高をくった。

ところが驚くことに、早希は「女将さんも来てほしいって言っているから」と連絡をしてきたではないか。

スマホを耳に押し当てたまま、前畑は唖然《あぜん》とした。

訪ねたとしてもどうすればいいのと思わず聞いた。そんな前畑に、早希はあきれたように言った。

——お願いしたでしょ、昨日。夢を見させてやってって。寂しいはずなの。女将さんだって生身の女よ。おぼえてるわよね、例の話？

そう言われた前畑の脳裏に去来したのは、ピロートークで聞かされた淫靡な内緒話である。

店が終わったあと、早希は絹枝と酒を飲み、そのまま彼女の家に泊まることがあった。

絹枝の自宅は店の奥にある。早希は絹枝を相手に、帰ってこない夫の愚痴をはき、酔いつぶれてそのまま寝てしまうことも少なくなかった。

そんなある夜のこと。

深夜に目をさました早希は、絹枝が自室の布団の中で、せつない自慰にふけっている姿を目撃してしまったのだという。

それはもちろん、絹枝だって女である。

その年齢も、すでに前畑は知っていた。三十九歳。まさに、四十路間近の熟れ女体。そんな自分の身体を持てあまし、絹枝が自らの指でせつなさを鎮めようと思ったとしても不思議はない。

だが、それでも早希は「女将さんでもこんなことをするんだ……」と意外だったという。

――布団に横たわってね。あの白くて細い指を股間にくぐらせて、エッチな音をひびかせているの。「あなた、会いたい。会いたいわ」って泣きながらよ。「ねえ、抱いて。帰ってきて」って嗚咽しながらオナニーしているの。あの真面目そうな人が。私、興奮したらいいのか胸を痛めたらいいのかわからなくなっちゃって。

でも結局、自分の布団に戻ってこちらもオナニーをしたけどね、というのが早希の話のオチだった。そのエピソードを聞いて、果たせるかな前畑も、こっそり股間をふくらませた。

結局、前畑はそうした経緯から淫靡な好奇心を抑えきれなかった。その結果、彼は今、こうしてここにいる。

(ちょっとできすぎだけどな)

出されたおしぼりで手と顔をぬぐい、注文した中ジョッキのビールをぐびっとかたむけた。

あこがれのマドンナだった秋子に、夫への当てつけのように浮気に走る美人妻の早希――。

あの二人と思わぬ行為になだれこんだだけでもあり得ない話なのに、そのうえ今夜はこんな魅力的な美人と、いったいどんな展開になるというのだろう。

「あっ……」

気がつくと、絹枝は玄関の引き戸を開け、スタンド看板と暖簾を中にしまっていた。

相変わらずのしのつく雨が、濡れた舗道を激しくたたく。

夏の夜ふけと雨の香りが、湿った熱気をともなって湯気のように店の中に飛びこんでくる。

「女将さん……」

「どっちみち、もう閉めようと思っていたところです。それに……」

暖簾と看板をかたしながら、絹枝ははにかんだ。

「こんなこと……めったにあることではありませんから」

そう言って、引き戸に内鍵をかける。一部を残し、店内の明かりを次々と落とした。

(昨日と……違う……)

恥ずかしそうにしながらも、絹枝は腹をくくったかのように、思いのほかてきぱきと動きまわった。

そんな女将と、プライベートな雰囲気が増した店内の様子をたしかめ、前畑はあらためて心臓をうち鳴らす。

今夜前畑がふたたび姿を現した理由は、すでに絹枝もわかっている。少なくとも、早希の言うことを信用するならば、今日の女将は前畑ではなく、前畑をとおして、亡き夫と向きあっていた。

2

「たいしたものはお出しできませんけど」

「ど、どうも……」

二人が座る場所だけが、白い明かりに浮かびあがっていた。

女将は前畑の隣に座り、色っぽい挙措で酌をする。前畑の猪口に注がれているのは、幻の名酒「幽」である。

「ああ、旨い。まさかこの酒を、またこんなふうに飲めるなんて……」

昨夜につづいて、プレミアムな酒のフルーティとしか言いようのない味覚に酔いしれた。喉ごしはあっさりとしているのに、豊潤な甘みとコクが口中と臓腑を心地よく酩酊させる。

「女将さんもどうですか」

隣でじっと、絹枝がこちらを見ていることに気づいた。

好色な関心に突き動かされ、こんな展開になってしまったが、やはりシラフでいるのは照れくさい。

秋子との一夜も昨夜の早希も、酒の酔いも手伝ったからこその蛮行だった。

「いえ、私は」

だが絹枝は片手で前畑を制し、色っぽくかぶりをふる。

前畑はとくんと心臓をはずませる。

絹枝の目は、いつしかねっとりと濡れていた。不意をつかれる艶姿《あですがた》に、前畑は息苦しい気持ちになる。

二人の前のカウンターには、絹枝が用意してくれたツマミ類が並んでいた。

しかし、もしかしたらそれらを味わう余裕は今夜はないかもしれない。

もちろん、せっかくの「幽」も……。

「あ、あの」

「いいんですよね」

緊張し、なにか言わなければと前畑はうろたえた。

すると、そんな彼を制するように、絹枝がせつなく声をあげる。

「えっ。あっ……」

前畑は硬直する。

両目をうるませ、美人女将は細い指を前畑の頬に伸ばしてくる。

「お、女将さ――」

「動かないで。お願いです」

(わあ)

繊細そうな指先が、前畑の頬にそっとふれた。

信じられないものでも撫でるかのように、白く細い指がそろそろと前畑の頬を這う。

それはまさに、フェザータッチとしか言いようのない絶妙の撫でかただった。

前畑はゾクリと背すじに鳥肌を立てた。

「嘘みたい……いるんですね、こんなに似ている人が……」

「お、女将さん」

「違います」

「えっ……」

絹枝はかぶりをふった。違います、ともう一度言う。

見ればその目には涙があふれそう。哀切きわまりないその姿に、前畑は虚をつかれた。

「いいんですよね」

「……は？」

「いいんですよね……今夜だけ。早希ちゃんから、前畑さんがそう言ってくれているって聞きました」

絹枝の瞳から、ついにぽろりと涙があふれた。

「今夜、だけ……」

「ええ、今夜だけ」

愛《いと》おしそうに、なつかしそうに、絹枝は前畑の頬をさすった。

鳥肌が立たずにはいられないその感触に、前畑はたまらず、股間をムズムズさせはじめる。

「あの人の……夫の代わりになってもいいって言ってくださったんですよね。今夜だけ、誰にも内緒で私のこと……女房だと思ってくださるんですよね」

「──っ、女将さん」

「絹枝です」

クールな美貌がクシャッとゆがんだ。絹枝は椅子から尻をすべらせ、前畑にむしゃぶりついてくる。

「わあ……」

「絹枝です。いいんですよね、あなたって呼んでも。え、演じて……演じてくださるんですよね。あの人になってくださるんですよね。えぐっ……」

泣きじゃくる女将に胸を締めつけられ、前畑はもらい泣きをしそうになる。

「いいんですよね、いいんですよね。ねえ、絹枝って呼んでください」

「あの……」

「お願い、お願い」

「き、絹枝……」

激情を露にして身を揺さぶる熟女に、甘酸っぱさいっぱいの気持ちになった。

秋子には、禁断の寝取り夜這。昨夜は早希を狂乱させるべく、非道な尻たたき男と化した。それが今夜は一転し、美しい未亡人の愛の亡霊になろうとしている。

自分の人生は、いったいどうしてしまったのだろう――。

「あなた、ああ、あなた」

「き、絹枝、絹枝」

「もっと呼んで。ねえ、呼んで」

「絹枝、絹枝。俺の絹枝」

「ああ……」

前畑は女将を抱き返し、彼女の亡夫になっていく。

いったい絹枝の夫はどんな男だったのだろう。なにひとつわかりはしなかったが、こうなったら勢いでなんとかするしかない。

「あなた、ああ、あなた、会いたかったわ。会いたかった。うう……」

女将は感情を爆発させた。

細い身体に精いっぱいの力をみなぎらせ、前畑を強く抱きしめる。「うーうー」という嗚咽が薄暗い店内にした。

寡黙で涼やかな熟女の胸のうちには、これほどまでの寂しさと悲しみ、せつない思いがうずまいていたのだ。

そう思うと、こちらまで鼻の奥がツーンとなる。

病気で死んだという公次の魂が、自分にシンクロしてくるような奇妙な気持ちになってくる。

「俺も会いたかったよ。絹枝、会いたかった」

「ああ、あなた……ううう……」

絹枝は感情を剝きだしにして前畑にしがみつき、情熱的に頰を擦りつけてくる。前畑は、そんな絹枝の想いに応《こた》え、こちらもさらに熱っぽく、スレンダーな肢体をかき抱いた。

「寂しかったかい。うん？」

頰を放し、美貌をのぞきこむようにして絹枝に聞いた。

女将の顔は、もうグショグショだ。

決して人には見せられない、感情を剝きだしにした無防備な泣き顔。両の瞳から涙をこぼし、うんうんとかわいく何度もうなずく。

ぽってりとした朱唇が半開きになり、きれいな白い歯がのぞいていた。

年上の大人の女なのに、なんだか無性に愛らしい。

「寂しかった。あなた、寂しかった。私も死んでしまいたかった」

絹枝はさらに感情を昂らせ、裏返りぎみのせつない声で訴えた。

(たまらない)

前畑はクラッときた。こんなとき、本物の公次ならどうするだろう。

(決まっている)

「絹枝……」

「あっ……ムンゥ……」

……ピチャピチャ。ちゅぽ。

怒られるかと不安ではあったが、一か八かの賭《か》けに出た。前畑は絹枝をかき抱き、もの狂おしく、肉厚の唇にふるいつく。

「ああ……」

(いやがらない)

かき抱いた腕の中で、絹枝の力が少しずつ抜けていく。そのくせ前畑とかさねた朱唇には、時とともに淫靡な熱っぽさが加わってくる。

「絹枝……」

「あなた……ああ、あなた……んっんっ……」

……ちゅうちゅぱ。ピチャ。

もの狂おしく互いの唇を吸い、舌と舌とを戯れあわせた。絹枝の舌は長く、先の部分がとがって見える。

鮮烈なローズピンクの色合だった。

そんな長い舌が堰《せき》を切りでもしたかのように、熱烈に、憑《つ》かれたように、前畑の舌にからみついてはクネクネとくねる。

「おお、絹枝……って言うか、女将さん」

股間の一物が、獰猛な力を帯びはじめていた。理性の鎖は本当に今にもちぎりになりかけている。

「い、いいんですね。俺、こんなことをしちゃったら、もう本当に……」

「いや、もとに戻らないでください。いいの。いいの」

素に戻ってたしかめると、いやいやとかぶりをふり、絹枝は猛抗議をした。

ふたたび前畑に抱きついて、駄々っ子のように身体を揺らす。

「あの人なの。あなたは、あの人なの。お願い、お願い。夢を見させて。現実に引き戻さないで」

「でも俺……公次さんと違うことをしてしまうかも」

「いいんです。好きにして。今夜はあなたが公次さんなの。ああ、あなた、あなたああ、あなたの好きにして。あのころみたいに、私をいっぱい恥ずかしくさせて」

(は、恥ずかしく……?)

涙まじりの絹枝の哀訴は、生々しい猥褻さをはらんでいた。

前畑はいよいよ腹をくくる。

よし、わかった。

やってやる。

もう二度ともとになど戻るものか。今夜の自分は、この美しい女の最愛の夫——公次なのだ。

3

「絹枝……」

「アン。んっ……」

……ちゅっ。ちゅぱ。

もう一度、涙に濡れる熟女に接吻《せっぷん》をした。

絹枝もそれに応える。泣きながら、うめきながら、肉厚の唇を前畑の口に押しつけてくる。

前畑は舌を出した。絹枝も出す。

二人して舌と舌とをからめあい、とろけるようなベロチューの快感に、うっとりと脳髄をしびれさせる。

「あぁン、あなた、んっんっ、うれしい、あなたがいる。あなたがいてくれる。ムハァァ……」

(おお、エロい顔)

前畑は薄目をあけ、舌を突きだす未亡人の顔を盗み見た。

美貌の熟女は求められるがまま舌を突きだし、鼻の穴をひくつかせて前畑の舌にまつわりつかせる。

涙で美貌を濡らしながらの顔つきは、人には見せられないいやらしさを感じさせた。通常の顔つきや態度がクールなぶん、激情を露にした現在とのギャップは激しい。

ギュッと閉じた瞼から、搾りだされるようにして涙の玉が頬を流れる。

「寂しかったかい、絹枝」

ピチャピチャと未亡人の舌に自分の舌を擦りつけつつ、前畑は聞いた。

舌同士が擦れあうたび、キュンと股間が甘酸っぱくうずく。

ジーンズの下で自慢の巨根が、デニムの布を突きやぶらんばかりに、邪魔だ邪魔だと吠えながら膨張してくる。

「さ、寂しかったわ……うう、あなた、寂しかった……あああっ！」

泣きむせぶ未亡人の白いうなじに口づけた。

そのとたん、おとなしい熟女は感電でもしたかのように、ビクンと肢体を痙攣させた。

熟れた女体を硬直させ、天をあおぐ。「あはぁ……」と艶めかしさあふれる歓喜のあえぎを思わずこぼす。

「セックスしたかったか、絹枝。んっ……」

「あああ。ああああ」

チュッチュと首すじに口づけた。

何度も何度も、執拗に接吻をくり返す。

「あああ」

そうしながら、着物と割烹着の上から、乳房を鷲づかみにした。ほどよいボリュームのふくらみが、着物の下で艶めかしくひしゃげる。

「あなた、ああ、あなた、あああ」

グニグニとねちっこく乳を揉みしだいた。

そうしながら、たっぷりの唾液を熟女の首すじにぬりたくり、舌を這わせて情欲を刺激する。

「あなた、ああ、あなたああ、あああ」

「セックスしたかったか、絹枝。んっ？」

「恥ずかしい。あなた、恥ずかしいわ。あっあっ……あああ……」

スリスリと、割烹着の上から乳首のあたりをさかんに擦った。何枚もの布越しに、硬さを感じさせる突起を感じる。

乳首は擦れば擦るほど、さらに悩ましげなしこりを増した。

絹枝は前畑にされるがままになりながら、媚びるように、恥じらうように、くなくなとその身をくねらせる。

「セックスしたかったか、絹枝」

……スリスリ。スリ。

「ああ、あなた、あああ」

「したかったか」

「し、したかった。あなたにされたかった。されたかったの、ああ、あなた」

「おお、絹枝」

客たちの前で見せる慎ましやかな顔と態度は、やはりよそいきのものにすぎなかった。

せつない真情を爆発させた未亡人は、さらにプリプリと尻をふりたくる。

「恥ずかしいことしてほしいんだな、あのころみたいに。んっ……」

なおもしつこくうなじを舐め、ちゅうちゅうと吸いながら、指で乳首を執拗に擦る。そんな前畑の責めに、絹枝は「あああ」といっそうあえぎ――。

「してほしい。あなた、して。してください。もう一度私を女にして。いやらしい女に。あのころみたいに。うあああ」

誰にも言えない想いを訴えるかのようだった。

前畑の乳首責めとうなじ舐めにいちだんと激しくとり乱しつつ、絹枝は恥も外聞もなく、はしたない欲望を前畑に伝える。

「よおし」

獰猛な野性に、とうとう完全に火が点《つ》いた。前畑は絹枝を抱いたまま椅子から立ちあがる。

カウンターに並んでいた椅子を、大急ぎで移動させた。店の奥にある壁の前にスペースを作る。

「来るんだ」

「あぁン、あなた。あああ……」

とまどう絹枝をエスコートし、奥の壁に手を突かせた。そのまま腰を引っぱって、尻を突きだす格好にさせる。

(こんなこと、ダンナはしなかったかもなあ)

夫が女房にする行為と、前畑のような他人がスケベ心を全開にして人様の女にしかける行為では、変態ぶりが違うだろう。

だが、逡巡《しゅんじゅん》する余裕も悩んでいる余裕もなかった。自分がこれだと思う方法で、このかわいい未亡人を辱めるよりほかにない。

(すみません、女将さん)

女将の望むようなものではなかったら、目も当たられなかった。だが、やるしかない。心で絹枝に謝りながら、前畑は着物の裾《すそ》に両手をやり――。

「きゃあああ」

豪快に、腰の上まで中身の襦袢《じゅばん》ごとめくりあげた。

「おおお、絹枝……」

中から露になったのは、すらりとした細身の美脚とセクシーなヒップ。

着物のせいで気づかなかったが、惚れぼれするほど脚が長く、しかもなんとも美しい。

そのうえやはり、ため息が出るほど色白だ。

全体に無駄なくほっそりと見えた。だが決して、痩《や》せぎすというわけでもない。

ほどよく太腿に肉が乗り、動くたびにふるふると揺れた。

ふくらはぎの筋肉がキュッとしまって盛りあがり、あだっぽい影を生みだしている。

脚の先には白い足袋と草履を履いていた。和装なのだから当たりまえだが、下半身を丸だしにしての足袋姿は妙にいやらしい。

そのうえ、ドドンッと突きだされた肉尻は、思いのほか量感たっぷりだ。

おそらくコーラのボトルのような、エロチックなS字カーブを描く肉体なのだろう。全体的な見た目や美脚から感じられる印象は細身以外のなにものでもないのに、意外や意外、臀部のボリュームには息づまるほどの迫力がある。

はちきれんばかりにふくらんだお尻が、思いがけないダイナミックさで突きだされていた。

旨そうな尻を包んでいるのは、楚々としたベージュのパンティだ。

サイズ違いの下着をはいているのではないかと思うほど、豊艶な尻にギチギチに食いこみ、今にも裂けんばかりに布を突っぱらせている。

「き、絹枝、ああ、相変わらずいやらしい尻」

前畑は公次になりきって声をふるわせる。

「アァン、あなた、は、恥ずかし——きゃあああ」

ふたたび店内に、女将の色っぽい悲鳴がひびいた。有無を言わせぬ強引さで、今度はズルッと膝のあたりまでパンティをずり下ろしたのだ。

(うおおおおっ!)

「ああ、だめ。恥ずかしいわ、あなた。ハァァアン……」

絹枝はせつなさいっぱいの声をあげ、いたたまれなさそうに尻をふった。

「きゃん」

前畑はそんな絹枝の尻をつかむ。

さらにしっかりと見ようとした。視線とハートを奪われているのは、思いがけないヴィーナスの丘の眺めである。

(す、すごい剛毛!)

楚々とした和装の下から露になる肉体は、まさに驚きのパーツばかり。

こんもりと盛りあがる秘丘には、これまた意外にも、もっさりと陰毛が生えていた。

絹枝のクールな美貌と物腰からは想像もできなかった、マングローブの森。

そんな剛毛繁茂をかき分けるように、貝肉を思わせるビラビラが、二枚仲よく飛びだして左右に開きかけている。

「おお、絹枝、ああ、相変わらず……相変わらず……」

眼福ものの、としか言いようのない光景に、前畑はますます昂った。

高嶺《たかね》の花のような雰囲気をただよわせたクールな美女が、股のつけ根をこんなにもモジャモジャさせているなんて、これが反則でなくていったいなんだというのであろう。

「ああ、あなた、あああああ」

絹枝の喉から、この夜いちばんの淫声がはじけた。

未亡人の背後にひざまづいた前畑が恥辱に勢いよくむしゃぶりついたのだ。

4

「ああ、あなた、あなたああぁ」

「絹枝……あ、相変わらず……なんてエロいマン毛！　興奮するよ！」

……ピチャピチャ。れろん。

「うあああ。あなた、ああ、恥ずかしい。下の毛のこと、言わないで。恥ずかしいの……し、知ってるでしょ、私そこ、コンプレックスで、ああああ」

恥じらって訴える色っぽい声は、とり乱したあえぎにとってかわった。

前畑が蓮の花の形に開いた陰唇をさらに左右に思いきり伸ばし、粘膜の園へと強引に舌を押しつけたのだ。

「いやあ。そこ、そんなに広げないで。恥ずかしい。恥ずかしい。いやああ」

「恥ずかしい思いがしたかったんだろ。んっんっ……いやらしい女だ。きれいな顔をして、ここはこんなにモジャモジャさせて」

「ああああ」

唾液まみれの舌でサーモンピンクの牝園をこじった。そうしながら、熟女の股間に片手をくぐらせ、陰毛湿地に指を押し当てる。

「ああ、あなた」

「いやらしいモジャモジャ」

揶揄するように言い、黒い密林をかきまわす。

まるでシャンプーをし、頭でも洗うかのように。

すると、絹枝は――。

「いやああ。ああ、だめ。ああああ」

さらにとり乱し、しゃくる動きで前へうしろへと腰をふる。

（ああ、いやらしい）

「――プハッ。き、絹枝、恥ずかしいならカミソリで、少しは剃ればいいじゃないか。それなのに、相変わらずこんなに生えっぱなしにして」

豊満な尻と淫肉を顔面に押しつけられた。とろみを帯びた卑猥な貝肉が、さらに強く前畑の口と鼻面を圧迫する。

甘酸っぱい蜜の香りが鼻粘膜にいちだんと染みこんだ。生々しい発情の気配がしどけなく、絹枝の持ちものから香りとともに湧きだしてくる。

（くぅ）

……シャカシャカ。シャカシャカ、シャカ。

「あああ。いやあ。そんなことしないで。かきまわさないで。ああああ」

息苦しさにかられつつも、前畑はさらに指を動かし、陰毛の大地を攪拌《かくはん》した。ただでさえもっさりとしていた黒い毛がいっせいにそそけ立ち、思い思いの方角に縮れた毛先を飛びださせる。

そうしながら責めるのは、妖しく濡れはじめた媚肉とクリトリスだ。

ワレメをこじり、不意打ちのように陰核を舐めはじく。

しゃくられるヒップでのけぞりぎみになりながら、さらに剛毛をかきまわし、絹枝の秘丘を正視に耐えない眺めにする。

「あなた、恥ずかしい。そんなことされたら私、死にたいイイィ。あああ」

今にも泣きそうな声をあげ、絹枝は興奮を露にした。

恥ずかしいのは事実だろうが、感じていることも間違いない。

それを証拠に膣穴からは、いっそう濃い蜜がブチュブチュと泡立ちながらあふれだす。

「恥ずかしいか。んん？　だったら、剃ればいいじゃないか」

早希さんみたいにと言いかけて、あわてて言葉を呑んだ。頭の中に陰毛の毛先を飛びださせた早希の秘丘がよみがえる。

「ああ、だって、だってえ。あああ。け、毛……かきまわさないで。いやン、いやン、引っぱらないで。ヒィィン」

絹枝の反応に昂って、今度はつまんだ陰毛をクイックイッと引っぱってはもとに戻した。

縮れた毛たちがビンとまっすぐに突っぱっては、ふたたび下品な縮れかたで弛緩する。

「だって、なんだい」

なにやら訴えようとする未亡人に、あおって先をうながした。

前畑の顔はベチョベチョと、唾液と愛蜜のブレンドした汁で粘りに満ちたぬめりを帯びる。

「だって。だって、だって。ああああ」

「うん？　だって、なんだい」

……ピチャピチャ。ピチャ。クイッ、クイッ、クイッ。

「ああああ。あ、あなたが好きって言ってくれたから」

「……えっ？」

涙声で絹枝は言った。

「絹枝……」

「あなたが私の恥ずかしいそこ……大好きだって言ってくれたからあああ」

「おお、絹枝、こ、ここか。この剛毛か」

「ああああ」

恥ずかしい思い出を吐露する未亡人に、息づまる思いになった。

ふたたび陰毛の森に指を突っこむ。

絹枝のそこは、最初のころよりじっとりと湿ってきていた。

汗をかきはじめたのだ。指の腹がぬるっとすべり、陰毛たちの根元をジャミジャミと擦る。

「このモジャモジャか」

言いながら、かきまわした。

絹枝は「ああ、あああああ」と錯乱ぎみの声をあげる。

「このモジャモジャか」

「あなた、恥ずかしい。あああああ」

「言いなさい、このモジャモジャか」

「そうです。そうですウゥ。そのモジャモジャ。モジャモジャアアア」

「き、絹枝」

「恥ずかしい。恥ずかしいィンン。ああ、公次さんが帰ってきてくれた。ほんとに帰ってきてくれた。あああああ」

……ブチュブチュ。ニヂュチュ。

「おおお……」

ひくつく牝穴からとろろ汁さながらの蜜を漏らし、絹枝はよけいに嗚咽した。

おとなしそうな顔をして、カクカクと滑稽なまでに腰をしゃくっている。

尻と媚肉をいっそう熱烈に前畑に押しつけ、感じる部分を刺激して、淫らな歓喜に身をこがす。

(公次さんが帰ってきてくれた……と言うことは、要するに亭主もこんなことをしていたわけか)

感激してむせび泣く絹枝が嘘をついているとは思えなかった。

たしかに夫にしてみれば、この剛毛妻はたまらなかったろう。もしかしたら、毎夜の営みでくり返し「剛毛、剛毛」と妻を辱めたのだろうか。

だがそれは、絹枝への深い愛情が根底にあってのものだったろう。だからこそ、女将も恥ずかしい思い出が甘酸っぱいのに違いない。

やはり勝手に暴走するだけでは、この人を心底幸せにはできないと前畑は思った。

「な、なあ、昔の俺、この剛毛にどんなことをした? んっ……」

「ああああ」

唇をすぼめ、あえぐ膣口に吸いついた。

思いきり蜜をすすりたてれば、ドロッ、ドロドロッと、とろけた愛液が次々と口中に飛びこんでくる。

「ああ、あなたああ、いやン、感じちゃう。あああああ」

「なあ、この剛毛にどんなことをした？」

愛おしむように、今度はやさしく恥毛の茂みをさすりつつ、夫婦の営みを白状させる。

「ああ、恥ずかしい。思いだしてしまいます。あああ……」

「いいから言ってごらん。んん？」

「あああ。あああああ」

ちゅるちゅると蜜をすすりつつ、なおも未亡人をあおった。絹枝はガクガクと、踏んばった美脚をふるわせて官能的に痙攣する。

「あうう。あううう。感じちゃう。感じちゃうンン」

「絹枝……？」

「あなた……気持ちよさそうに、よく擦っていました……あああ……」

「擦ってた？　どこに」

「ですから……ですから……ハアァアン……」

あっと気づいて前畑はたしかめる。

「ご、剛毛にだな。おまえの剛毛にち×ぽを擦りつけていたんだな、あのころの俺は」

「はうう……」

否定しないのが明白な答えだった。なおも肢体をふるわせる女将は、見れば美貌を真っ赤に染めている。

(気持ちはわかるよ、ダンナさん)

心の中で前畑は公次に語りかけた。

これほどまでにいい女の陰毛がこんな猥褻剛毛では、とうてい理性的でなどいられなかったであろう。

「よし、こっちを向きな」

前畑は言い、絹枝を立たせると独楽《こま》のようにまわした。

「あぁぁン……」

絹枝はもうフラフラのようだ。されるがままにくるりとまわり、バランスを崩して倒れそうになる。

そんな女将をあわてて抱きとめ、背中を壁にもたれさせた。ふたたび美脚をおおいかけた着物の裾をたくしあげ、またしても股間まで丸だしにさせる。

「はあァン、あなたあ」

「こうだな。俺はこうしていたんだな」

問いかける声はふるえていた。

前畑は下着ごとブルーのデニムを脱ぎすてる。

――ブルルルン！

「あああ、あなた……」

飛びだしてきた陰茎は、もちろんビンビンにおっ勃っていた。

それを見た女将が、意外そうに両目を見開く。申し訳ないが、男根のサイズまで亡き夫にあわせられない。

「あなた、あなた、ああ……」

「こうだな。こんなふうにされたんだな」

前畑はそんな女将にさらに近づいた。

猛る勃起を手にとるや、剛毛繁茂に鈴口をずりっといやらしく擦りたてた。

5

「あああああ」

（うおおおおっ！）

秘丘にペニスを擦りつけられ、絹枝はとり乱した声をあげた。思ってもみなかった快美感に、前畑も心中で雄叫《おたけ》びをあげる。

ザラザラした陰毛が亀頭と擦れあい、火花の散るような快さがはじけた。剛毛の下でプニプニとひしゃげる秘丘の弾力も心地いい。

「あなたああ」

「こうだな。なあ、こうだな。そらそら」

今度は前畑が前後に腰をしゃくった。

腰を引いてはまた突きだし、ふたたび引いてはまた突きあげ、もっさりと生えた陰毛の茂みと亀頭を擦りあわせる。

「ハアアァアン。あなた、昔みたい、昔みたい。あああああ」

絹枝は身も世もなくとり乱し、感きわまった淫声を跳ねあげた。見られることを恥じらうように右へ左へとかぶりをふる。

泣いていた。

ふりたくる美貌から涙が飛びちる。

腰をしゃくる前畑の動きに呼応して、女将もいやらしく腰をくねらせた。

「おおお、絹枝……き、気持ちいい！」

ジャミジャミした陰毛の感触が、これほどまでに快感をもたらすとは知らなかった。

尿口からカウパーがどろりと漏れる。前畑は、亀頭を使ってはしたないその汁を陰毛と恥丘にグチョグチョと練りこむ。

「あなた、会いたかった。忘れられなかった。ひぐっ」

「絹枝……」

「あああ……」

なおも剛毛にペニスを擦りつけながら、女将から割烹着を脱がせ、帯をほどいていく。

怒張に無数の恥毛がからみつき、亀頭に、棹に食いこんで締めつけた。

それでもなおも陰茎をピストンさせれば、よけい激烈な快感が噴き、またも尿口がゴハッと先走り汁を吐く。

「ああ、あなた、ハァァン……」

「うおお、絹枝……」

とうとう前畑は女将の身体から着物をすべらせた。

つづいて長襦袢を脱がせ、肌襦袢もむしりとり、最後に残った和装ブラを引きちぎるように胸からはがせば——。

——プルルンッ。

「あはあぁぁ」

「うおお。ああ、絹枝のおっぱい」

ついに女将は、白足袋と草履をはいただけの裸身になる。胸もとを盛りあげて揺れるのは、ほどよい大きさの美乳である。

伏せたお椀《わん》を思わせるひかえめな丸み。Cカップ。バストサイズは八十センチほどだろうか。

丸い頂をいろどるのは、淡い鳶色をした乳首と乳輪だ。

乳輪はほどよい大きさの円を描いていた。その中央からぴょこりとしこり勃つ乳首は思いのほか大ぶりで――。

「ああ、デカ乳首」

「あああああ」

前畑はたまらず、絹枝の乳首にむしゃぶりついた。

言うまでもなく、未亡人の乳芽はすでにガチンガチンに勃起している。

口に含んで舌で舐めれば、硬く締まった卑猥な肉豆が前畑の舌を押し返し、さらにキュキュッと肉実を締まらせる。

「ああ、あなた」

「デカ乳首。そうか、おまえは剛毛で乳首もこんなにデカかったんだっけな」

……ちゅうちゅう。ちゅうちゅう。ちゅぱ。

「あああああ。は、恥ずかしい。そこもコンプレックスなの。自分の身体なんて大嫌い。でも……でも――あああああ」

右の乳首から左の乳首、ふたたび右へ、また左へ。

責める乳首をしつこく変えた。

もちろん左右どちらの乳も、せりあげるようにつかんでもにゅもにゅと揉んでいる。

「わかっているよ、絹枝。でも、俺は……そんなおまえのデカ乳首も大好きだった。大好きで大好きで、いつもこんなふうに舐めたり吸ったり転がしたりしたよな」

「あああ。ああああああ。ハアァァン」

万感の思いをこめ、乳を揉みしだき、乳首を舐めしゃぶる。しかも前畑は、ペニスを擦りつける場所も変えていた。

今度はスマタ責めである。

秘丘と二本の太腿がひとつにつながる三角スポット。そこへと男根を飛びこませ、とろ蜜まみれの牝貝を渾身のピストンで擦りたてる。

……ぐぢゅる。ぬぢゅっ。

「んはああ。あなた、ああ、感じるウゥゥ」

「デカ乳首、んっんっ……」

……ピチャピチャ。

「いやあ。は、恥ずかしい。デカ乳首って言わないで。ああああ」

（マ、マ×コ汁、すごい）

「デカ乳首。絹枝のデカ乳首」

「いやあ。いやあ。ああ、乳首感じちゃう。あっあっあっ」

「デカ乳首」

「うああ。あああああ」

乳首を舐めながらの執拗な言葉責め。そのうえスマタで発情淫肉を絶え間なく擦りつづけている。

全裸に足袋と草履だけの未亡人は、誰にも見せない内緒の素顔を前畑にさらした。

いや、彼女が目の前に見ているのは前畑ではない。

亡夫の公次だ。

「くうぅ、絹枝、オマ×コ、すごい濡れてきたぞ。わかるか。んん？」

「あああああ」

股のつけ根の三角地帯で怒張を抜き差ししながら、前畑は未亡人をあおった。

とろとろの蜜貝は棹と亀頭に擦られて、さらなるぬめりを増している。

ペニスの天部で擦るたび、グチョグチョ、ヌチョヌチョとあられもない汁音がひびいた。

絹枝はいやいやとかぶりをふり、涙のしずくを飛びちらせる。

故意にか、あるいは無意識にか、男根を挟む太腿は、開いたり閉じたりをくり返す。

キュッと腿で挟まれるたび、窮屈な感じが強まった。亀頭が不穏にうずいては、ネバネバしたカウパーを咳きこむように飛びちらせる。

「ああ、あなた、うああ、感じる。あなたのち×ちん……ああああああ」

「濡れてきたぞ、オマ×コが。相変わらずいやらしい女だな。はぁはぁ」

「だ、だって、あなただから、あなたが帰ってきてくれたって思うから、感じちゃうの。濡れちゃう。あなた、私濡れちゃうンン。あああ」

「おお、絹枝」

股間の三角スポットから、にゅるんと勃起を抜きだした。

「ハアァン」

いやだ、行かないでとでも言うかのように、たまらず絹枝は股間を突きだす。

前畑は大急ぎで、自分の上半身から着ているものを脱ぎすてた。

「お、おいで、絹枝」

「きゃっ」

未亡人の細い手をとる。

せまい通路にあお向けになりながら、女将に草履を脱がせた。

白足袋だけの艶姿になったほとんど裸の未亡人は、よろめきながらも前畑の身体にまたがってくる。

「絹枝、ガニ股になって腰を落としなさい」

そう言うと、前畑は肉棒を握り、誘うようにいやらしくしごいた。

「うあああ。ああ、あなた……」

前畑の上で、女将は淫らな官能をこらえきれない。

美貌を真っ赤に火照らせて恥じらいながらも、その目は前畑の股間を見てしまう。しこしことしごかれる巨大な肉根をうっとりと見つめ、さらに息を荒くする。

「あなた、あなた」

「挿《い》れてやるぞ。ほら、ガニ股になりなさい」

「ガニ股いや。あなた、ガニ股は恥ずかしいです」

「なりなさい。なりなさい、絹枝……絹枝！」

「あああ。ああああ」

恥じらう熟女に、問答無用とばかりに命令した。

絹枝は感きわまったような声をあげ、求められるがまま、決して誰にも見せられない下品な姿になって腰を落とした。

6

「アァン、あなた、うあああ」

（おお、すごい）

自分でさせておきながら、目の前の光景が信じられなかった。

モデルにしてもいいような、手も脚も長い見事なボディ。くびれた腰から一転し、たわわに張りつめる臀部の量感こそ肉体の黄金比をくずしていたが、前畑にはそこがよいと感じられた。

尻の大きな女が嫌いな男なんているのであろうか。

そんなスレンダーなナイスボディが、身も蓋《ふた》もないガニ股姿になって前畑の上にまたがっている。

もっさり剛毛はところどころが濡れたまま、ハレンチにそそけ立ったまま。鼠蹊部《そけいぶ》の腱《けん》が突っぱって、悩ましい窪《くぼ》みが股のつけ根にできている。

「そ、そら、絹枝、ほしかっただろ、俺のこれが」

前畑は位置をととのえ、亀頭でワレメをあやしはじめた。

……グチョグチョ。ヌチョヌチョ、ヌチョ。

「あああ。あなた、あああおおお」

とり乱すよがり声は、途中から「あ」ではなく「お」になった。

おとなしい未亡人は人格を一変させ、はしたないガニ股姿のまま、天を仰いで咆哮する。

亀頭で擦られる媚肉からは、粘りに満ちた蜜の音があられもなくひびいた。

絹枝が感じている欲望のせつなさを、どんな言葉より雄弁に伝える。

「ほしかったな、絹枝。言いなさい。ほしかったな」

あえぐ未亡人から、今度もまた屈服の言葉をもぎ取ろうとする。

そのせいで、絹枝はいちだんと昂った。

「あおおう。おおおおう」

「絹枝！」

「ああ、ほしかった。あなた、私ほしかったです。ほしかったです！」

「おお、絹枝」

――ヌプッ！

「おおおおお」

――ヌプッ！　ヌプッ、ズブズブ、ヌプッ！

「おおお。おおおおお」

「おお、絹枝……すごいヌルヌル……」

ついに前畑は未亡人の淫裂に勃起を挿入した。

絹枝のそこは、やはりとっくに熟柿のようになっている。

奥へと分けいる男根を持てなそうとでもするかのように、波打つ動きで蠕動し、蟻地獄さながらにひきずりこむ。

「おおお。あなた……ああ、こんなことが……もう一度……あなたとこんなことが……できるなんて——」

「き、絹枝……そら。そらそらそらっ！」

……バツン、バツン！

「おお。あなた、おおおおお」

品のないガニ股の格好で踏んばり、絹枝は前畑のピストンを浴びた。

どす黒い男根が腹の底の肉穴にもぐりこんではまた飛びだし、すぐに中へとねじりこまれる。

「おおお、あなた、ち×ちんが、あなたのち×ちんが、おおおお」

「気持ちいいか、絹枝、気持ちいいか」

「もっとしてください。ああ、あなた、気持ちいい、気持ちいい。あああ」

蹲踞《そんきょ》の姿勢をとる相撲取りのような格好で、未亡人は前畑の突きを浴びた。

股間と股間がぶつかるたび、生々しい爆《は》ぜ音がひびく。

爆ぜ音は湿りを帯びていた。ニチャニチャ、ビチャビチャという汁音が、性器の戯れあう場所からはじけ、離れてはくっつく股間同士の間に、無数の糸が生まれている。

(おっぱいがこんなに揺れて)

あんぐりと口を開け、獣の悦びに酩酊する女将の顔もいやらしかったが、揺れ躍る美乳にも前畑は興奮した。

下からガツガツと突きあげるたび、ほどよい大きさのおっぱいがたゆんたゆんと上下に揺れる。

しこった乳勃起はたっぷりの唾液をまつわりつかせていた。そんな乳首から次々と唾液の飛沫が糸を引いてちる。

「うおお。あなた、ああ、だめ。力が入らない。もうだめ。あああ……」

「おっと……」

いささか激しく突きあげすぎたか。ついに絹枝は踏んばりきれなくなり、倒れこむように前畑におおいかぶさった。

「ハアァン」

「おお、絹枝……絹枝！」

――パンパンパン！　パンパンパンパン！

「おおお。あなた、ああ、ち×ちん、すごい。すごい、すごおおおお」

「はぁはぁ。はぁはぁはぁ」

密着した未亡人の肌は、じっとりと汗ばんでいた。

前畑の胸板に押し返され、二つのおっぱいがふにゅっとつぶれて鏡餅のようになる。硬く張りつめた乳首が、炭火さながらの熱さとともに前畑の胸に食いこんだ。

前畑はそんな熟女をかき抱き、怒濤の腰ふりでスパートをかける。

ひとつにかさなった美人女将は膝を突き、尻を突きあげた格好で股間に裂けた肉穴を肉スリコギでかきまわされる。

……グヂュル、ヌチョヌチョ。グチョグチョ、ヌチョ！

「おお。あなた、とろけちゃう。とろけちゃうンン。おおおおっ」

絹枝は前畑にしがみつき、我を忘れたよがり吠えを放った。吠え声の振動がビリビリと、前畑の裸体もふるわせる。

（ああ、もうイクッ！）

亀頭とヒダヒダが擦れるたび、バチバチとピンクの火花が散った。甘酸っぱい快美感がくり返しまたたき、肛門がキュンとせつなくうずく。

「おおお。あなた、もう私ダメ。イッちゃう。イッちゃうンンン」

「くぅ、絹枝……ああ、俺もそろそろだぞ」

「おおおお。おおおおお」

奥ゆかしい人とも思えぬ低音のよがり声に昂りながら、前畑は肉傘をヌメヌメに擦りつけた。

じわり、じわりと射精衝動が高まり、視界が明滅する。

爆発の導火線に火が点いて、すごい速さで火の位置がみるみるこちらに迫ってくる。

「おお。あなた、イグッ。イグイグイグッ。おおおおおっ」

「き、絹枝、出る……」

「おおおお。おおおおおおっ！」

――びゅるる！　どぴゅどぴゅ、びゅるる！　どっぴゅぴゅぴゅぴゅ！

オルガスムスの電撃が、脳天から前畑をたたき割った。

快楽のマグマがペニスの根元からせりあがり、焼けるようなしびれとともに、ゴハッ、ゴハッとザーメンが撃ちだされる。

前畑は射精をしながら腰をふるわせた。

(気持ちいい。ああ……)

陰茎が何度も脈動する。

そのたび大量のザーメンが、やるせない快感とともに未亡人の膣奥にビチャビチャと当たる。

「うあっ……ああ……すご、い……いや、私ったら、あああ……」

「絹枝……」

どうやら絹枝も一緒に達したようである。

なおも前畑にむしゃぶりついたまま、ビクンビクンと裸身をふるわせ、艶めかしい声を絶え間なく漏らす。

射精をくり返すたびごとに、前畑の中から公次の宿った、かりそめの獣が消えていく。

あとに残ったのは、欲望の抜けがら。

いつもと同じ前畑だ。

「あの……すみません、でした……女将さ——」

「あ、謝らないでください。はうう……」

なおも前畑の首すじに顔を埋めたままだった。

どうやら未亡人も、すでに欲望の抜けがららしい。恥じらう声にはいつもの絹枝が戻っていた。

「恥ずかしい……私ったら……つい、夢中になってしまって……」

「い、いいんです。こちらこそ、調子に乗りすぎて。あっ……」

前畑は息を呑む。

いきなり絹枝が顔をあげ、涙に濡れた目でじっとこちらを見た。

「女将さ——うわっ……」

絹枝はもう一度、前畑にむしゃぶりついた。

哀切にむせび泣く声が、くぐもった音で聞こえてくる。

「も、もう少し……もう少しだけ……」

「……えっ？」

「もう少しの間だけ……こうしていていいですか……」

「は、はい」

前畑の返事を聞き、絹枝はまたしても、強く、強く、彼を抱きしめた。

少し迷ったが、前畑もまた未亡人を抱き返す。

「うう……ううう……」

絹枝の嗚咽が本格化する。

身体をふるわせ、しゃくりあげ、絹枝はただただ慟哭《どうこく》した。

そんなせつない未亡人の背を、前畑はやさしくポンポンとたたく。

絹枝は身も世もなく泣きながら、何度も何度も濡れた頬を、前畑の横顔に擦りつけた。

前畑はふと気づく。

彼の鞄《かばん》の中で、スマートフォンのコール音が鳴りひびいた。

第四章　思わぬ情事

1

（しかし）

前畑は思った。

（なんでもいいけど、これはどういう展開だ）

彼ならずとも、そう思うところであろう。

仕事を休んで旅に出てから、自分の人生はいったいどうなってしまったのか。

それほどモテるわけではなく、恋人だって長いこといなかった。それなのに、酒蔵めぐりをきっかけに、一気に運命がねじれている。

「頼む、前畑くん。このとおりだ」

その男は畳に額を擦りつけた。

瀬戸である。

そんな彼を、前畑は持てあました。

なぜならば——。

「ほ、ほら。おまえも前畑くんに頼んでくれよ……秋子！」

「あなた……」

土下座をする瀬戸の横には、青ざめた顔で正座をする秋子がいた。

どうしてこんなことになっているのかと、気持ちが状況についてきていないことがよくわかる顔つきだ。

秋子の気持ちは、前畑にはよくわかった。

「さあ、秋子、おまえだって、納得してここに来てくれたんだろ」

「うう……」

だが、瀬戸は妻をあおり、なんとか自分の意にそわせようとする。

「秋子」

ためらう秋子を叱咤《しった》するように、瀬戸がさらに語気を強めた。

（ああ……）

すると、とうとう秋子も観念したように、夫と一緒に頭を下げる。

（あり得ない）

前畑は愕然としながら、秋子と瀬戸を見た。こんなことが、本当にあってよいのだろうか。

――死んでしまったらそれっきりなんです。後悔だけは、しないほうがいいと私は思います。

脳裏によみがえるのは、そう言って背中を押してくれた小料理屋の女将、絹枝の声だ。

絹枝の意見にも後押しをされ、今日こうして、前畑は豪奢《ごうしゃ》な旅館の一室にいた。

秋子たち夫婦が住む県の、観光名所として知られる有名温泉街。

瀬戸が宿をとったのは、数ある旅館の中でもナンバーワンとうたわれる、超一流の老舗旅館である。

三人は宿の客室に向かいあっていた。

十二帖の和室に、クイーンサイズのベッド二つが置かれたベッドルームを擁したゴージャスな客室。

広縁の端にある扉の向こうには、貸切の露天風呂までついている。

まさかこんなことになるなんてと、前畑は小さく深呼吸をした。

棚からぼた餅ならぬ、棚からいい女つづきの旅のクライマックスは、思ってもみない形で幕を開けていた。

ひと月ほど前。

絹枝との情事が終わった直後に鳴った電話は、瀬戸からのものだった。

申しわけないがもう一度、来てはくれぬかというのである。

いったいどういうことですかと、前畑は当然の疑問を口にした。

少なくとも秋子からは、石もて追われるようにして二人の屋敷をあとにしたのである。

ところが、そんな前畑に瀬戸は言った。

——ち×ぽが……もう少しでち×ぽが勃ちそうなんだよ。だけど、それにはやはり、前畑くんの力を借りなければならないんだ。

前畑が秋子に夜這をし、それを鑑賞したことで、瀬戸は久しぶりに男の機能を回復させかけていた。

秋子と身体をかさねることで、ペニスの勃ちはさらによいものになりそうな気がした。

だが、秋子は夫を怒っていた。

身体を触らせようとしなかった。

いくらEDを回復させたいからと言って、自分の妻をほかの男に抱かせるなんて、あまりといえばあまり。「私はものではありません」と、いつにない怒りかたで瀬戸の求めを拒むのだという。

――ものすごく感じていたからな、あいつ。久しぶりだったということもあるかもしれないけど、正直、俺とのセックスのときより、メチャメチャ感じていた。

電話の向こうで、瀬戸はそうおのれの確信を口にした。

――これは俺の想像だけど、そんな姿を俺に見られてしまったことも、あいつをかたくなにさせている気もするんだよ。君とのエッチ、あいつだって本音では……いや、絶対認めないとは思うけど、本音の部分では、決していやではないはずなんだ。

瀬戸はそう言って、声をひそめた。

——決して負け惜しみなんかじゃなく、自分であいつとエッチするより、君に抱かれるあいつを見たほうが、思いきりち×ぽが勃つ気がする。それに、あいつをいい気持ちに……幸せにさせてやりたいっていう俺の気持ちに嘘はないんだ。

そして、瀬戸は言ったのだ。

必ず秋子は説得する。時間はかかるかもしれないが、必ず説得してみせるから、もう一度自分たちと会ってほしい。あの夜のつづきを、三人でしたい。

それから一カ月。

時間はかかったのか、それとも意外に早かったのか前畑にはよくわからないが、瀬戸の淫靡な計画はまたしても実現した。

旅館をとったから来てほしいと頼まれたときはどうしようかと臆したが、ひと月前に絹枝から聞いた言葉を思いだし、結局前畑も、こうしてやってきたのである。

死んでしまったらそれっきり。後悔だけは、しないほうがいい。

絹枝の言葉は、経験者だけに重かった。

「なあ、前畑くん、こいつもこうやって、君とのエッチを望んでいる」

「あ、あなた」

「瀬戸さん……」

身も蓋もない夫の言いかたに、さすがに秋子も赤面した。

「前畑くん、君だって、こんないい女にそんなふうに思われたら、まんざらでもないだろ。先輩なんだし。なあ、そうだろ」

「あなた、やめてくださ――」

「秋子」

うろたえる妻に、瀬戸は言った。

「頼む。おまえが不憫で見ていられないんだよ」

「あなた……」

「俺を哀れだと思ってくれるなら、お、俺の前でもう一度前畑くんとエッチをしてくれ。俺とセックスするのがいやなら、前畑くんといやらしいことをして、俺を勃たせてくれ。頼む、頼む」

今度は秋子に向かって土下座をした。

「うう……」

畳に額を擦りつける夫に、秋子はなにか言いたそうにはしつつも、それ以上は結局言えない。

張りつめた空気が、客室の雰囲気を重くした。

瀬戸は微動だにせず、女房に向かって平伏しつづける。

長い時間がすぎた。

前畑も秋子も、身じろぎもせずに固まりつづけた。

「さて」

やがて、ようやく瀬戸は身体を起こした。

「そんなわけで。えへへ」

その顔に、先刻までの重苦しさはもうなかった。ニコニコと、幸せそうに相好をくずしている。

そんな瀬戸に、前畑は若干あきれた。

しかし、瀬戸は柳に風だ。しれっとした顔で言った。

「さっそく風呂でも浴びないか。期待どおりの、大きな露天風呂だぞ」

2

夕食の時間までには、まだ間があった。

太陽は西の空にかたむいて、茜色《あかねいろ》が深い紫へと変わりつつある。

「前畑くん」

大きな岩風呂に一緒に浸《つ》かりながら、低い声で瀬戸が言った。

「遠慮なく、やってくれていいからね」

「瀬戸さん」

大小とりどりの岩で縁取りをされた浴槽は、ひょうたんを思わせる形で長細かった。

温泉街いちばんとうたわれる宿。

売りにしている客室の風呂は、さすがに雰囲気も豪奢なら湯船も広くて、大人三人でもゆったりと浸かれる。

オレンジ色の照明が点されていた。

岩風呂の背後には、丹精された日本庭園ふうの植栽が濃い緑を見せている。ししおどしまであるなんて、かなり贅沢な造りなのではないだろうか。

濃密なイオウの臭《にお》いが鼻をついた。

竹筒が石をたたくコーンという音が旅行情緒を刺激する。白い湯気が浴槽から立ち、空へとのぼって消えていく。

「困ったような顔をしているけど、なんだかんだ言って、あいつだってこうして、ここまで一緒に来ているんだ」

ヒソヒソとささやき声で瀬戸は言った。その顔が早くも真っ赤になっているのは、おそらくお湯のせいばかりではない。

「俺のEDが治ってくれればうれしいはずだし、君に抱かれることだって、絶対にまんざらでもないはずなんだよ」

「そ、そうかなあ……」

終始硬い顔つきで、目をあわせようともしない秋子を思いだし、前畑は弱気になっていた。

スケベ心に突き動かされ、いそいそとこんなところまで来てしまったが、調子に乗りすぎなのではないかと、不安な気持ちにもなっている。

「俺を信じてくれよ」

ぼやく前畑に、語気を強めて瀬戸はささやいた。

「基本的に、貞操観念の強い女だ。誰にだって股を開くようなやつじゃない。そんなあいつが、いやがりながらもここまで来たんだ。どうしてだかわかるかい、前畑くん」

「瀬戸さん……」

「あの夜のことが、あいつだって忘れられずに——」

その時だった。

脱衣所の扉が開く。瀬戸はあわてて口をつぐんだ。前畑は脱衣所のほうをふり向く。

（おおおっ！）

現れたのは、全裸になった秋子である。白い手ぬぐいで前を隠し、相変わらずの硬い顔つきで風呂場に姿を現した。

アップにまとめた髪の下から、艶めかしいうなじが露になっている。

(ああ……やっぱりたまらない)

大事な部分はおおわれていたが、いずれにしても裸は裸。鱗粉《りんぷん》さながらにふりまかれる熟女エロスはむせ返るほどだ。

薄暗い夕まぐれに立つ美女の裸身は、なんといやらしく魅力たっぷりなのであろう。

「う、うう……」

秋子は恥ずかしそうに、内股ぎみの挙措で洗い場を進んだ。

肉感的な裸は、相変わらずの色の白さ。

どこもかしこもムチムチとやわらかそうで、前畑は涎を垂らしてしまいそうになる。

「くっ……」

男たちの視線を一身に浴び、熟女はいたたまれなさそうにうめいた。

肉厚の朱唇を嚙み、あらぬかたを向いたままだ。水道の蛇口をひねって桶《おけ》にお湯をため、それで裸身を何度も清める。

（くうっ、ち×ぽが勃ってしまう）

秋子を見ているだけで、股間にあっけなく血液が流れこんだ。ペニスがみるみる膨張し、熱い湯の中で天に向かって反り返りだす。

「さ、さあ、おいで、秋子」

明るい声で言い、瀬戸は愛妻を湯船にさそった。前畑は瀬戸と距離をあけ、秋子が入ってきやすいようにする。

「あ、あなた……やっぱり私、恥ずかしいです……」

だが洗い場に立ち、手ぬぐいで乳房と股間を隠しながら、居心地悪そうに秋子は言った。

黒髪をアップにまとめ、白いうなじを出している。

卵形の小顔はなおも血の気を失ったまま。美肌の白さが、いっそう鮮明になっている。

「大丈夫だって。そんなこと言わないで。ほら」

猫なで声で言うや、瀬戸は湯船から立ちあがった。

大量のしずくが湯船に飛びちる。股間でペニスがブラブラと振り子のように揺れている。

「あっ。あなた。いや。きゃっ……」

「いいから、おいで。風邪ひいちまうぞ」

瀬戸は浴槽から出ると、全裸の妻に近づいた。

いやがって硬直する妻の肩を抱き、四の五の言わせぬ勢いで湯船にいざなう。

「ああ……」

足もとをもつれさせ、秋子は強制的に移動させられた。太腿がフルフルと艶めかしくふるえ、ふくらはぎの筋肉がキュッと締まる。

「い、いや……」

そんな横暴なまねはされたことがなかったのだろう。秋子は意外そうに瀬戸を見て、困惑した様子でかぶりをふる。

瀬戸は秋子をエスコートし、湯船に肩まで浸からせる。

「いいお湯だろう、秋子。ほら、前畑くんもこっちに来て」

「えっ、あなた、やっぱり、私――」

秋子はあらがって湯船から立ちあがろうとする。

「いいからいいから。ここまで来てなにを言っているんだ。さあ、前畑くん」

瀬戸はそんな妻を力ずくで押さえつけ、手招きをして前畑を呼びよせる。

「いやいや。でも……」

前畑は躊躇《ちゅうちょ》した。

秋子がいやがっている以上、非礼なふるまいはどう考えても許されない。

「大丈夫だって。な、秋子。おまえだって、前畑くんにしてほしいだろ」

「ち、違います。私、決してそんな――」

「それともやっぱりダンナのほうがいいかい。んっ……」

「んむぅ。ちょ……あ、あなた……やめて、ムンゥ……」

(おいおいおい)

前畑は声をあげそうになった。暴れる妻を力まかせに拘束し、瀬戸は肉厚の唇を奪う。

突然接吻をされた秋子は目を白黒させた。いちだんととまどい、四肢をばたつかせる。

なにしろすぐそこに後輩がいるのである。それでも夫と乳くりあえるような、節操のない女性ではない。

「あ、あなた、なにをするんですか。いや、やめ、ムンゥ……あああ……」

両手を突っぱらせ、瀬戸から口を放そうとする。

しかし瀬戸は、秋子の手から白い手ぬぐいを引ったくり、洗い場に放り投げた。露になった豊満なおっぱいが艶やかに揺れる。瀬戸は乳房を片手でつかみ、もにゅもにゅと揉みながら、なおも強引にキスをつづける。

「いや、やめて。アァン……んっんっ……」

(秋子さん)

目の前で秋子をいいようにされ、前畑はとまどった。Gカップの見事な巨乳が、ねちっこい手つきで乱暴に揉みしだかれる。

まさぐられた乳房がいびつにひしゃげ、あちらへこちらへとせわしなく乳首の向きを変えた。乳首はまだ、これっぽっちも勃っていない。

秋子は瀬戸の妻なのに、非道なことをしているのは間違いなくこちらなのに、眼前で秋子にこんなことをされると、前畑は発狂してしまいそうなジェラシーに襲われる。

瀬戸はよく、こんな苦しみに耐えられるものだ。

「むんぅ、やめて、あなた……前畑くんがそこに……むんぅ、いや……」

「はぁはぁ。前畑くんに、教えてやろうよ、秋子。おまえ、ここが弱いんだよな」

「きゃあああ」

ねちっこい声で言うと、瀬戸は白いうなじにむしゃぶりついた。

そのとたん、秋子は強い電気でも流されたかのように、ビクンと裸身をふるわせる。

「あっあっ。だめ。いやです。いや……ハァアン……」

瀬戸はなおもネチネチと乳房を揉みしだいた。妻の乳芽を擦りたて、白い首すじを吸いたてる。

「ああ、いや。だめです、だめ……ああ、あなた、やめてください。ああぁ」

「前畑くん、来るんだ。ほら、君がやりなさい」

瀬戸はイライラした調子で前畑を手招きし、なおも秋子の首すじを吸った。

「あああああ」

「瀬戸さん、で、でも」

「来るんだ。ほら」

瀬戸の声に怒気がにじんだ。

「瀬戸さん」

「早くしろ」

(ええい、くそっ)

前畑はやけになり、湯船を移動した。

二人に近づく。

ネトラレよりはネトるほうが、やはり自分には向いている。こうなったらもう、なるようになれである。

「交替だ。うなじを責めろ。秋子はうなじが弱いんだ。さあ」

「は、はい。秋子さん……」

「いやあああ」

前畑は、瀬戸とは反対側から秋子に密着した。秋子の裸身は、思いのほか熱くなっている。

「ま、前畑くん、来ないで。来ちゃだめ。いやいや。やっぱりいや」

「ああ、秋子さん」

「きゃあああ」

瀬戸が責めていたのとは反対側から、うなじに吸いついた。

身体をよせてきた後輩をいやがり、逃げだそうとしたものの、彼にうなじを吸われたとたん、またしても人妻は我を忘れる。

「おお。秋子、いいぞいいぞ。俺に遠慮はいらない。抱かれろ。かわいい後輩に思いきり抱かれろ」

「あなた、待って。待ってください。あああ……」

瀬戸は言うと浴槽を後退し、湯けむりの中を妻から離れた。

「いや。だめ……」

「はぁはぁ。秋子さん」

秋子がふたたび激しく暴れる。

反射的に、前畑は人妻を両手でかき抱いて拘束した。

「いやあ」

「秋子さん、ああ、秋子さん」

……ちゅっちゅ。ちゅぱ。ねろねろ。

「あああああ」

強い力で抵抗をふさぎ、さらに熱烈に白いうなじを吸いたて、舐めしゃぶる。

「いや、だめ。あっあっあっ」

「おお、秋子さん、んっんっ……」

「あああ。あああああ」

たしかに瀬戸の言うとおり。

うなじも急所だったらしい秋子は、前畑の責めに辛抱たまらずビクビクと裸身を痙攣させる。

前畑はそんな秋子のおっぱいを鷲づかみにした。

「ハァアァン」

「おお。秋子さん、信じられないです。また……こんなふうに秋子さんのおっぱいを揉めるなんて……」

……もにゅもにゅ。もにゅ。

「ンハァ。ああ、恥ずかしい……困るわ、困る……あああ……」

グニグニとやわらかな乳をせりあげ、しつこく乳首を擦りたてる。

(勃ってきた)

前畑は胸の鼓動を速くした。さかんに指であやされて、ひとたまりもなく桃色乳首が硬くしこって屹立する。

「いいぞいいぞ。その調子でやってくれ。ゾクゾクするなあ」

声をうわずらせて言ったのは瀬戸である。湯船から立ちあがり、大きな背後の岩にもたれかかった。

握りしめるのは股間の一物だ。

前畑のそれとは違い、瀬戸のペニスはまだなおしおれたままである。

そんな男根を片手で握り、瀬戸はこちらを見つめながら、息を荒らげてしごきはじめる。

「はぁはぁ。はぁはぁはぁ」

「あなた、やめて……そんないやらしいことしな——きゃあああ」

とまどってふるえる秋子の声がけたたましい悲鳴に変わった。

うなじをちゅうちゅうと吸いながら、突然前畑が責めを変え、股間の局所へ指を這わせてきたのである。

「ハァン……」

「秋子さん、エ、エロい。もしかして、もう濡れてきてますか」

強引に指を押しつけたワレメは、早くもねっとりと潤んでいた。

前畑は瀬戸の言葉を思いだす。

——君に抱かれることだって、絶対にまんざらでもないはずなんだよ。

(よおし)

前畑はようやく自信を持った。

だったらこちらも、思いの丈をあまさずこの人にぶつけるまでだ。

ただし思いの丈は、かなり卑猥になっている。

3

「秋子さん、濡れてます。ああ、いやらしい。秋子さんのオマ×コがこんなに濡れてる」

「ああ、だめ。違う。濡れてない、濡れてない。あああぁ」

暴れる熟女を拘束しながら、前畑は粘膜の園をそろそろとあやした。

熟女のそこは、メカブの汁まみれにでもなっているかのようだった。上へ下へと粘膜を擦りながら愛撫《あいぶ》をすれば、とろみに満ちた粘り汁がドロリ、ドロリと指にまつわりつく。

(すごく濃い)

「ハァ。だめ。いや、前畑くん。そんなことしたら。あっあっ、ああ、どうしよう。あああああ」

「秋子さん……」

絶妙かどうか自信はなかったが、前畑は適度なフェザータッチを意識して、ぬめり汁の園を愛撫した。

お湯の温度は熱いほどなのに、秋子の美肌に大粒の鳥肌が立つ。

秋子は決して前畑と目をあわせようとしなかった。しかし熟女の美麗な瞳は、いつしか妖しい潤みを帯びている。

「俺、幸せです、秋子さん。またいじくることができた。うれしいです。俺また、秋子先輩のオマ×コにこんなことしてる。こんなことしてる」

いやでも万感の思いがこもった。

前畑は指をそろそろと動かし、淫肉をヌチョヌチョとなおもあやす。

「うああ。あっあっ。いや、そんなこと言わないで。ああ、そんなふうにしないで。どうしよう。困る、困る。どうしよう」

「おおお、秋子さん」

「うあああ」

前戯の前戯は十分な気がした。並べてそろえた二本の指を、ついに前畑はヌプヌプッと膣穴の中に挿入する。

秋子はいやがらなかった。

「あああ。あああああ」

「おお、エロい。やっぱり……奥までヌルヌル！」

前畑はたまらず歓喜の声をうわずらせる。指を出迎える狭隘な胎路は、奥の奥までネバネバとぬめりを感じさせた。

さすがに音は聞こえなかったが、おそらくかなりグジュグジュと粘る汁音をひびかせているのに違いない。

「はうう、いや……ヒイィ、あなた、そんな顔をして私を見ないで……」

前畑は指をずっぽりと根元まで挿入した。

これほどまでに濡れているのだ。気持ちのよくないはずがない。それでも秋子は瀬戸の視線に気づくと、なおも恥じらって身をよじろうとする。

「秋子、気にしなくていいんだ。気持ちよくなってくれ。悪かったな。幸せにしてやれなくて悪かったな」

瀬戸は今にも泣きそうな声で、愛する妻に謝罪した。

その言葉には胸に迫るものがある。

だが、猿のようにペニスをしごきながらだと、状況はとたんに滑稽さと猥褻さを増す。

「ああン、あな――」

「おお、秋子さん！」

前畑は、秋子の膣肉をヌチョヌチョとかきむしりはじめた。

「ああああ」

秋子は快感をこらえきれない。

「あああ。ああああああ。前畑くん、いやン、いやン。そんな。あなた、見ないで、そんなことしながら私のこと。うあああ」

「おお。秋子、いやらしい。俺の秋子が感じている。ほかの男にマ×コ肉かきまわされて、あの真面目な女がこんなに乱れてる！」

「いやあ。違う、違う。そうじゃないああああああ」

膣ヒダの凹凸に指を擦りつけ、抉《えぐ》りこむようにしながらの怒濤のピストン。

重点的に責めるのは、言うまでもなくGスポットだ。

「ヒイィィ。ヒイイィ」

抱きとめた腕の中で、全裸の熟女はとり乱す。気が違ったような声をこぼしつつ、蛇のようにその身をのたうたせる。

（すごく感じている）

ザラザラとした感触が指を刺激し、責める前畑をいい気持ちにさせた。

彼は感じる。

一カ月前のあの晩より、秋子はさらに感度がよかった。思わぬ情事によって火が点いてしまった肉体を、ずっと持てあましていたらしい。それは火を見るよりも明らかだ。

「ヒイィ。前畑くん、前畑くぅん、あああああ」

さかんに暴れ、身をよじり、切迫した声で前畑を呼ぶ。

「気持ちいいですか、秋子さん。嘘をついてもだめですよ。全部お見とおしです。グチョ濡れマ×コを触ればわかります。そら。そらそらそら」

「あああ。あああああ」

感じる部分をしつこいほどに擦過して、清楚な美妻に獣の声をあげさせた。

秋子は白い指で自分の口を押さえるが、胎肉の奥からこみあげる卑猥な快感は、理性などでは抑えきれない。

「ぷっはあぁ」

はじかれたように、白い指が口から離れた。

首すじが色っぽく突っぱっている。

狂ったようにかぶりをふった。あんぐりと口を開いている。美貌を左右にふるたびに、唾液の糸が飛びちっていく。

「そらそらそら」

「あああ。あああああ。だめ。感じちゃう。それ、感じちゃう。ああああああ」

「もうイキますか、秋子さん。もうイク？」

猛烈な激しさでGスポットを擦り、前畑は秋子に聞いた。

しかし秋子は、もう返事どころではない。

「うあああああ」

「秋子さん」

「うあああ。うあああああ」

……ビクン、ビクン。

「おお、秋子……す、すごい。はぁはぁ……」

ついに秋子は絶頂へと突きぬけた。

前畑は熟女の膣から指を抜く。秋子は捕獲された鮎《あゆ》のように、肉感的な裸身を湯船の中で跳ねおどらせた。

潤んだ瞳は、早くも白目を剝きそうだ。

4

「はぁはぁ……はぁはぁはぁ……ああ、私……ハアァァ……」

軽く五回か六回は、派手な痙攣をくり返した。秋子はようやく我に返り、ぜいぜいと肩で息をする。

「だめ……前畑くん、もうだめ……」

「秋子さん」

強い痙攣こそおさまったものの、まだなお秋子は不随意に裸身をふるわせつづけた。

見あげる瞳は、どろりと妖しく濁っている。

強制的に絶頂へと突きあげられたせいで、ついに真面目な熟女の中で、なにかがプツッとちぎれたか。

「だめ……ほんとにだめ……ああ、だめなの」

「あ、秋子さ――」

「いけないのに……私、人妻なのに……どうしよう……ねえ、もうだめ……我慢できない……自分を抑えられないの！」

「おおお、秋子さん」

「あああ……」

ついに秋子は白旗を揚げた。

前畑は泣きそうな気持ちになる。

たいしていいことなどなにもなかった、ここまでの我が人生。好きだった日本酒がこんなふうに、思わぬ僥倖《ぎょうこう》をもたらしてくれるだなんて。

生きていてよかった。心から思う。日本酒が好きでよかったとも思った。

「あぁン……」

前畑は、ぐったりした秋子をお湯から立たせた。

足もとをもつれさせる人妻をエスコートし、大きな岩に手を突かせる。

「ハアァア……」

くびれた腰をつかみ、手前に引きよせた。

陥落した全裸妻はいやがりもせず、迫力十分の肉尻を前畑に向かってググッと突きだす。

(ああ、いい尻)

もぎたての白桃を彷彿とさせる、得も言われぬ官能美。二つの盛りあがりが皮を突っぱらせ、果肉の旨みを息づまるほどにアピールする。

臀肉がひとつにつながる部分には、禁忌な排泄孔が見えた。

秋子の乳輪はピンクだが、なんとアヌスもピンクである。薄桃色の肛肉が、あえぐかのように弛緩と収縮をくり返す。

「秋子さん、もう俺……」

そんな菊門にも情欲をあおられた。前畑は秋子の背後で態勢をととのえ、いよいよ挿入にかかろうとする。

「おお、秋子……そうだ。いいぞいいぞ。ついに俺、目の前でたいせつな秋子を。はぁはぁはぁ」

ついにやってきたこのときに、瀬戸もまたとり乱した。

湯を蹴《け》ちらして岩風呂を移動し、愛する妻と後輩がセックスをする場面を特等席で鑑賞しようとする。

「うああ。あなた、あなたああ」

秋子はそんな夫に、罪悪感でいっぱいの顔つきになった。

そのくせ彼女の陰唇は、肛門と同様呼吸でもするようにひくついて、煮こんだとろとろの白濁汁を音を立てて分泌する。

「ごめんなさい。あなた、ごめんなさい。でも、こんなことになってしまったら、もう私――」

涙声で秋子は瀬戸に言った。

「いいんだ。謝らなくていいんだ。悪いのは全部俺だ。でも秋子、見てくれ。またち×ぽがこんなになってきた」

瀬戸はしこしこと、絶え間なく男根をしごいていた。そんなペニスから手を放し、見せつけるように股間を突きだす。

「まあ……」

「おお、瀬戸さん」

秋子と前畑は一緒に瀬戸の股間を見た。前回は二分か三分勃ちというところだったが、なんと半勃ち近くにまでなっている。

「な、秋子。治りそうなんだ。ほんとにち×ぽが勃ちそうなんだ。そうしたら、今度こそ抱かせてくれるか。こんなひどい、情けない夫だけど、家に帰ったら今度こそ、俺とセックスしてくれるか」

「あなた、あなたあああ」

（妬《や》ける）

「そ、そら、挿れますよ、秋子さん。うおおおおっ！」

焦げつくような妬心《としん》に激情をあおられた。

腹にくっつきそうなほど反り返っているペニスを手にとると、秋子の背後で足を踏んばる。

ぱっくりと開いたとろけ肉は、肉厚のビラビラを花びらのように広げていた。

「あなた」

「きゃっ」

肥大した亀頭をサーモンピンクの膣穴に押しつける。前畑は奥歯を嚙みしめて、一気に前へと腰を突きだした。

——ヌプッ。ヌプヌプヌプッ！

「あああああ」

「わわっ」

「おっと、秋子」

膣奥深くまでペニスをたたきこむ。最奥部の子宮を抉りこむように亀頭が埋まった。

そのとたん、秋子は我を忘れた声をあげ、目の前の岩に倒れこむ。

ちゅぽんと膣から怒張が抜けた。

肉栓を失ったワレメから、噴水のように潮が飛びちる。

勢いよく倒れかかる妻を抱きとめたのは瀬戸だった。彼がいなかったら、間違いなく秋子は岩に激突していた。

「あ、あなた……」

「ほら、前畑くん、もう一度ち×ぽを」

「い、言われるまでもないです。そおら」

——ズブズブズブッ！

「あああああ」

「おお。秋子、すごい」

瀬戸に抱きかかえられながら、秋子はふたたび前畑につらぬかれた。

もう一度ポルチオ性感帯を嗜虐的に抉ると、熟女は恥も外聞もなく淫らな獣の姿をさらす。

「あうう、あううう」

「はぁはぁ。あ、秋子さん、ここいい？　ここいい？」

根元まで怒張を、秋子の膣に埋めていた。

スリコギですり鉢の胡麻《ごま》でもつぶすかのように、前畑はねちっこく腰をまわし、猛る男根でポルチオをこれでもかとばかりに擦りたおす。

「あああ。い、いい。それいい。あああ。ああああ」

「おお。秋子、た、たまらん、たまらん、ち×ぽがたまらん」

夫に抱きとめられながら、もはや遠慮をすることもできない。淫らな快感に喜悦する妻に、瀬戸はますます昂って、ゆだったその顔をいちだんと赤黒く火照らせる。

「ああ、あなた、ごめんなさい、ごめんなさい。ああああ。すごい、すごいすごい。うあああ」

長いこと、熟れた肉体を持てあましつづけたに違いない。しかもその身体は、開発途中で放置プレイを受けてしまったようなもの。

さらに言うなら間違いなく、あこがれのマドンナは痴女体質だった。

こんな清楚な顔をして、じつは痴女だなんて、神様、あなたは最高の創造主だ――。

「あ、秋子さん、これいい？」

……グリグリ、グリグリグリ。

「うああ。これいい。これいい。さ、気持ちいい。ああああ」

肉スリコギによるポルチオ抉りに、秋子は嬌声《きょうせい》をうわずらせた。

瀬戸はそんな愛妻を抱きとめながら、あうあうとあごをふるわせる。

「おおお。秋子、俺の手の中にいるのに、マ×コにはほかの男のち×ぽが。し、しかも……おまえ、こんなによがって」

「そらそら。そらそらそら」

「うあああ。気持ちいいの。ああ、そこすごい。あなた見ないで。気持ちいい。ごめんなさい。気持ちいいよう。気持ちいいよう。ああああ」

「く、くそ。くそおお。おかしくなる」

瀬戸は妻をエスコートし、目の前の岩にもう一度手をつかせる。

前畑は、今だけはこの人は俺のものだとばかりに、これ見よがしに秋子を責めたてる。

「これいいの、秋子さん？　ち×ぽいい？」

……グリグリグリグリ。

「うあああ。い、いい。ち×ちんいい。ち×ちんいい。前畑くんのち×ちん気持ちいい。もっと抉って。もっとして。あなた。あなた。ごめんなさい、私気持ちいい！」

膣奥を責められてよがり泣く秋子は、もはやいつもの彼女ではなかった。

さらなる快感を求めるかのように、自らもいやらしく尻をまわして、前畑の股間に擦りつけてくる。

「おお。秋子、なんていやらしいケツの動かしかた」

「気持ちいい。すごく気持ちいい。あなた、ごめんなさい。でも、我慢できない。我慢できないィンン」

「秋子、たまらん。これたまらん！」

よがり乱れる妻に、瀬戸ももうパニックぎみだ。

別人のようになった美貌を凝視したり、性器と性器の交接部分をのぞきこんだりしながら、オナニー猿へと自ら堕《お》ちる。

「気持ちいいか、秋子。オマ×コかきまわされているか、はぁはぁ」

ペニスをしごきながら瀬戸は聞いた。

立ちバックの体勢でポルチオを前畑に擦られながら、秋子は「あああ。ああああ」となにもかも忘れてよがりによがる。

前かがみのポーズになったせいで、豊満な乳房が釣鐘のように伸びていた。

仲よく伸張した二つの乳が重たげに、たっぷたっぷと房を揺らし、乳首からお湯のしずくを四散させる。

空は一気に深い紫色を増し、逢魔《おうま》が時の様相を色濃くした。

白い湯けむりがオレンジ色の照明の中をけぶり、夢幻とも言える趣が露天の光景にただよいだす。

「おお、秋子さん、秋子さん」

……バツン、バツン。

「うああ、前畑くん、ああ、あなた、前畑くんのち×ぽが、ち×ぽがああ。あああああ。いやだ、私、ち×ぽなんて言っちゃってる」

いよいよ前畑が陰茎を抜き差ししはじめると、秋子はいちだんと獣になった。そのくせ自分のはしたなさに気づき、我に返って激しく恥じらう。

「いいんだ、秋子。ち×ぽ気持ちいいか。んん？　前畑くんのち×ぽ、デカくて太くて気持ちいいな。そうだろう。なあ、そうだろう」

とろけるような官能の虜《とりこ》と化しているのは、前畑と秋子だけではない。

惨めなネトラレ男と化した瀬戸も一緒に昂り、三匹目の獣になっていた。

ペニスこそまだ万全ではない。

それでもやはり、彼もまた獣だった。

「ああ、あなた、うあああああ」

「そうだろう、秋子。前畑くんのち×ぽ、デカいか。どうなんだ」

「うあああ。お、おっきい。あなた、ち×ぽおっきい。すごく奥まで来てるの。

ああ、気持ちいい」

　夫にあおられ、秋子ははしたない言葉を口にする。

　頭が麻痺し、もはや尋常な状態ではないことは、狂気をはらんだ顔つきが、鳥肌が立つほど雄弁に伝える。

「はぁはぁ……おお。秋子さん、俺のち×ぽデカいですか、そらそらそら」

……バツン、バツン、バツン。

「うああ。お、おっきい。すごくおっきい。気持ちいいの。気持ちいいところにいっぱい当たってて。あなた、ごめんなさい。私、感じちゃう。あああああ」

「いいんだ。謝らなくていいんだ。勃ってきてる。ち×ぽが……秋子、俺もち×ぽが――」

「ああ。前畑くん、もっと突いて。なにもかも忘れさせて。こんなのはじめて、こんなのはじめて。うあああああ」

「あ、秋子……」

　見れば瀬戸の男根は、さらに勃起の度合を増していた。

　六分勃ちか、七分勃ち。

まだ雄々しさには欠けこそするが、かつてのふにゃちんの面影は、もはやどこにもない。

瀬戸は、そのことを妻に伝えたかったろう。だが妻のほうは、もはや夫のEDペニスどころではない。

「ああ、気持ちいい。ああ、気持ちいい。うあああぁ」

「秋子、おまえ……」

完全に夫を裏切っていた。

すぐそこに、永遠の愛を誓いあった男がいるというのに、ほかの男の生殖器で淫肉をかきまわされ、なにもかも忘れてよがりわめく。

だが、それは彼女のせいではなかった。お膳立《ぜんだ》てをしたのはその夫であり、火を点けたのは前畑だ。

「くぅ、秋子さん、秋子さんのオマ×コが、ち×ぽをメチャメチャ締めつけますよ」

カクカクと腰をしゃくり、うずく極太を膣奥深く、何度も突き刺してはすぐに抜いた。湯けむりの中に浮かびあがる薄桃色の裸身から、甘い汗の香りが蒸気のようにただよった。

熟女の裸は、どこもかしこもぐしょ濡れだ。それは、温泉の湯のせいばかりではない。

噴きだす汗が裸身を伝い、雨滴のように湯船に注がれる。

「うあああ。締めつけちゃう。アソコが勝手に。勝手に動いて。前畑くんのおち×ぽ締めつけちゃう。うあああああ」

バックからガツガツと突かれ、前へうしろへと裸身を揺さぶられながら、秋子は気が違ったような声をあげた。

「アソコってどこだ、秋子。はぁはぁ」

瀬戸は狂ったようにペニスをしごいた。

「ああ、あなた、オマ×コです。秋子のオマ×コ。秋子のオマ×コおおお」

「おお、秋子さ……」

（えっ）

前畑は息を呑む。ふと瀬戸に視線を向ければ、その男根は八分勃ち、いや、あともう少しでフル勃起というところまで来ているではないか。

「せ、瀬戸さん、すごい。がんばれ、がんばれ」

その妻を堂々と犯しながら前畑は言った。

「き、君こそ、君こそがんばれ、前畑くん」

すると瀬戸は、興奮しながら前畑をあおる。

「見たかい。俺、あともう少しなんだ。ありがとう。君のおかげだ。殺したいほど君が憎い。俺の恩人は、俺の生涯の敵にもなった」

「瀬戸さん……」

「がんばれ。前畑がんばれ。ちきしょう。ちきしょう。前畑がんばれ」

うわずった声で言いながら、瀬戸は泣いた。

その気持ちは、前畑にも痛いほどわかる。だがわかりはしつつも、あとはもう射精をするしか方法はない――秋子の膣の中に。

「ああ、秋子さん、そろそろイキますよ……俺、もう我慢できません！」

――パンパンパン。パンパンパンパンパン！

「うあああ。前畑くん、気持ちいいよう、気持ちいいよう。アソコがうずいてる。いっぱいうずいちゃってるンンン。うあああ」

スパートをかけた前畑のピストンに、秋子は引きつった声をあげた。狂ったように頭をふる。はらりと髪がほどけ、背中に広がる。べったりと背中に貼りついた黒髪が、淫肉を抉るたびに波打って跳ねる。

「うああ。ああああああ」

「はぁはぁ。秋子、どこだ。どこが気持ちいい。言ってみろ」

猛然とペニスをしごきながら瀬戸は聞いた。すると、秋子は——。

「ああ、オマ×コ。あなた、オマ×コおおお」

彼女とは思えない卑猥な四文字を、我を忘れて喉からほとばしらせる。

「うお。おおおお」

目の前の岩をガリガリとかきむしった。開きっぱなしの肉厚朱唇から、粘りに粘った泡まみれの唾液を、糸を引いてしたたらせる。

唾液はなかなかちぎれない。

振り子のように前後に揺れ、今にも湯のおもてにとどきそうだ。

（ああ、もうイク！）

ぬめりにぬめった膣ヒダと亀頭が擦れるたび、尿意の百倍は強い快美感がまたたいた。性器の擦れあう部分から、ぐぢゅる、ぬぢゅると汁っぽい肉ずれ音がひびく。陰茎がジンジンと拍動し、爆発の瞬間へのカウントダウンをいよいよはじめる。

「ああぁ。もうだめ。気持ちいいの。こんなのはじめて。はじめてぇえ。ああ、イグ。イグイグイグイグッ。イグウゥゥッ。おおおおお」

「おお、秋子！」

瀬戸がしごく。ペニスをしごく。

「くぅぅ。秋子さん、出る……」

前畑は降参した。そして――。

「おおお。イグゥゥ。おおお！　おおおおおおおっ!!」

――どぴゅどぴゅどぴゅ！　びゅるる！　ぶぴぶぴぶぴぴ！

（ああ……）

たまらず腰がガクガクとふるえた。甘酸っぱさいっぱいの悦びとともに、たぎる精液が尿口から、飛沫を散らして吐きだされる。

咳きこむ勢いとは、まさにこのこと。

ゴハッ、ゴハッ。ゴハッ、ゴハッ。

ザーメンが秋子の子宮をたたく〝生々しい音まで聞こえた気がした。

「うあ……あああ……すご、い……すごぃぃン……あああ……」

「秋子さん……」

セックスでしか行けない天国に、しばしどっぷりとおぼれていた。そんな前畑にとどいたのは、艶めかしい秋子の声だ。

我に返って見下ろせば、ひとつにつながった人妻は、感電でもしたかのように汗と湯にまみれた裸身を痙攣させている。

（ああ……）

前畑は秋子の顔を見た。

完全に白目を剝き、口から舌を飛びださせている。

なんと不様。なんと凄艶《せいえん》。

どぴゅっともう一度、射精した。美しい人のこんな姿を見ることができるのは、選ばれた人間だけなのだ。

（そう言えば）

瀬戸のことを忘れていたことに気づく。女の悦びをむさぼっている秋子から、今度は瀬戸に視点を転じた。

「あっ」

「うう……うっうっ、うう……」

「瀬戸さん」

意外な光景がそこにあった。

瀬戸は湯船の中で足を踏んばり、男泣きをしている。

その顔は、とろけた糊《のり》のような白い汁でドロドロになっていた。

まさかと思って股間を見れば、瀬戸が握ったペニスの先からは、精液の残滓《ざんし》がブチュブチュと泡立ちながらあふれている。

「せ、瀬戸さん」

「ありがとうな、ありがとうな。うう」

瀬戸は泣きながら前畑を見た。

精液で顔面パックされた赤ら顔は、涙と鼻水に汗とお湯までもが混じって、かなりひどいことになっている。

「はうぅ……前畑、くん……気持ち、よかった……ああぁ……」

しかし秋子は、夫のことなど眼中にない。まだなお恍惚の余韻におぼれ、なかなかこの世に帰還しない。

「秋子……」

そんな愛妻を、瀬戸は複雑そうに見た。

そして、ふたたび前畑を見る。

「前畑くん、本当にありがとう。君は俺たちの恩人だ」

「い、いえ……」

人様の妻の媚肉にペニスを刺したまま、聞かされる言葉ではなかった。

ぎくしゃくする前畑に、瀬戸は泣きながら言った。

「ありがとう。本当にありがとう」

「瀬戸さん」

「俺、君のことが大嫌いだ」

終章

クライアントとの打ちあわせが終わり、疲労困憊《ひろうこんぱい》でアパートに帰ってくる。

「やれやれ……」

骨休みの休暇をとってから、福の神でも旅先から連れてきたかのように、新しい仕事のオファーが増えていた。

とっぷりと日の暮れた住宅街を歩きながら、前畑はため息をつく。

忙しいのはありがたいことだ。

そのうえ今は、休日は休日で、そちらも忙しくなっている。

「あさっての日曜日はまた……」

出かける予定になっていた。またしても秋子たち夫婦と宿をとり、三泊四日で熱くいかがわしい夜をともにすることになっている。

あの温泉での一夜から、すでに一カ月が経っていた。

秋子たち夫婦は、前畑を手放そうとはしなかった。

――君がいてくれないと、盛りあがらないんだよ。

瀬戸はそう言って、何度も前畑を旅行にさそった。

そんな彼らの申し出に乗る形で、一カ月前も三人で旅に出た。秋子がまた、狂ったような獣と化したのは、言うまでもない。

二泊三日の旅で、前畑は五回も、秋子の膣に中出しをした。

秋子は「恥ずかしい、恥ずかしい」とさかんに言いはしたが、彼女もまた、もはや前畑抜きでの生活は考えられないと言っているかのようだった。

「えっ……」

前畑は、アパートの敷地の入口に立つ人影に眼をとめた。

「お、女将さん」

まさかと思って近づけば、誰あろう、小料理屋の女将である。

「ごめんなさい」

申し訳なさそうに、絹枝は言った。今日もまた、淑やかな着物姿である。

「来て、しまいました」

「絹枝さん……」

忸怩《じくじ》たる思いを持てあましているらしいことは、はにかんだその顔から伝わった。そしてまた、それでもこの人が自分を求めずにはいられなかったことも。

「……寂しかったですか」

前畑はつい微笑み、小声で聞いた。

絹枝は目を見開いて彼を見てから、いたたまれなさそうにうなだれる。蚊の鳴くような声で「はい」と言った。

「寂しかったです。寂しかった」

前畑を見た。

闇の中でも、その顔が真っ赤になっているのがわかった。

「もう一度……せめて、もう一度――」

「どうぞ。あまりきれいじゃありませんけど。あっ、そう言えば、すごい日本酒が昨日、ある人からとどいたんです。よかったら、一緒に」

「あっ。は、はい……」

前畑は絹枝をアパートに誘った。

二階建てのおんぼろアパート。二階にある最奥の部屋がわが家である。闇の中を先に立って歩きだした。絹枝は小走りに前畑に駆けより、彼の腕に腕をからめてくる。

（もしかして、明日の夜までエンドレスかな）

二人して鉄階段をのぼりながら、前畑は口もとに苦笑を浮かべた。あさってからはまたすさまじい数日間なのに、身体が持ってくれるだろうか。

――前畑がんばれ。ちきしょう。ちきしょう。前畑がんばれ。

脳裏に瀬戸の、鬱屈《うっくつ》した激励の言葉がよみがえった。

（がんばれ。前畑がんばれ）

今度は自分で、自分を叱咤した。

隣の未亡人の横顔を見る。

「ンフフ……」

淑やかな女将は恥ずかしそうに、だが、幸せそうに微笑んだ。

※この作品は「紅文庫」のために書下ろされました。

紅文庫

酔《よ》って人妻《ひとづま》

庵《あん》乃《の》音人《おとひと》

2021年 9月 15日　第 1 刷発行

企画／松村由貴（大航海）
DTP／遠藤智子

編集人／田村耕士
発行人／日下部一成
発売元／株式会社ジーウォーク
〒 153-0051 東京都目黒区上目黒 1-16-8 Yファームビル 6 F
電話 03-6452-3118
FAX 03-6452-3110

印刷製本／中央精版印刷株式会社

ISBN978-4-86717-209-4